Michael Stewart

P9-DEM-719

Keynes

Traduit de l'anglais par
Annie Vallée

Éditions du Seuil

ISBN 2-02-000615-4

Titre original : *Keynes and after*
© Michaël Stewart, 1967
© Éditions du Seuil, 1969, pour la traduction française

Introduction

Deux ans après la fin de la première guerre mondiale – cette guerre qui était censée établir les fondations d'un monde meilleur – la Grande-Bretagne plongea dans une dépression qui allait durer vingt ans. Entre 1921 et 1940, le taux de chômage ne tomba jamais en dessous de 10 %; au début des années 1930, quand le monde entier traversa la plus douloureuse crise économique de son histoire, le chômage dépassa 20 % en Grande-Bretagne.

C'était là un échec complet du système économique. Une pauvreté épouvantable allait de pair avec l'inactivité des hommes et l'abandon des ressources. Les gouvernements se révélaient impuissants. Ils suivaient les suggestions des économistes et la situation empirait. Les capitalistes tremblaient; les marxistes, plus calmes, se frottaient les mains. Dans certains pays, la démocratie s'effondrait. En Grande-Bretagne, elle eut la chance de survivre. Mais pourrait-elle survivre indéfiniment, face à un chômage énorme et paralysant?

La seconde guerre mondiale entraîna la disparition du chômage de masse. Il n'a jamais réapparu. Malgré les prédictions désastreuses de 1945, la Grande-Bretagne connaît maintenant le plein emploi depuis un quart de siècle. On pourrait trouver de nombreuses causes pour expliquer une transformation aussi extraordinaire. Mais l'une d'entre elles surpasse toutes les autres : la publication, en 1936, d'un livre intitulé *la Théorie générale de l'emploi, de l'intérêt et de la monnaie* de John Maynard Keynes.

Nous allons examiner ici l'arrière-plan historique de l'œuvre de Keynes et les analyses qu'il a présentées en soulignant en quoi ces analyses diffèrent de celles des autres

LE PLEIN EMPLOI

Le plein emploi n'est pas une notion qui puisse être définie d'une façon très précise. Pendant la seconde guerre mondiale, Lord Beveridge l'a défini comme une situation où le taux de chômage est inférieur à **3 %**. Le taux de chômage lui-même est la proportion entre le nombre de ceux qui sont enregistrés comme sans emploi à un moment donné et l'effectif total de la population active.

L'expérience d'après-guerre conduit à penser que cette définition est trop pessimiste. Dans la plupart des pays industriels occidentaux, le chômage est demeuré, en moyenne, légèrement supérieur à **1,5 %**. D'une façon générale on dira qu'un pays jouit du plein emploi si pratiquement tous ceux qui désirent un travail en ont un ou peuvent en trouver un sans grande difficulté.

économistes. Ceci permettra de mieux comprendre pourquoi la théorie de Keynes est devenue le fondement de toute politique économique moderne.

Est-ce à dire, pour autant, que le plein emploi est désormais définitivement établi ? Que faut-il penser des récessions périodiques survenues depuis la guerre ? Et du chômage qui frappe certaines régions ? Le plein-emploi est-il menacé par une insuffisance des liquidités internationales ? Le chômage important dont souffrent les États-Unis indique-t-il que la théorie keynésienne ne peut faire face au phénomène de l'automation ? Le plein-emploi est-il incompatible avec d'autres objectifs économiques tels que la stabilité des prix ? Si oui, lequel doit-on sacrifier ? Comment insérer la croissance dans ce schéma ? Il y a là, on le voit, une vaste série de questions nouvelles – c'est-à-dire apparues *après Keynes*. Elles font l'objet d'un autre ouvrage [1].

---

1. *Après Keynes* de Michael Stewart, collection « Société » n° 40.

1. Cet homme nommé Keynes

On décrit généralement John Maynard Keynes comme un économiste de génie, pouvant prendre rang à côté des géants du passé, tels Adam Smith et Karl Marx. Mais c'est là une manière bien peu vivante de faire connaître cet homme.

Keynes possédait certainement des facultés intellectuelles au-dessus de la moyenne. Mais ce n'était pas seulement un universitaire très doué : il avait aussi une connaissance très pratique des réalités politiques et économiques de son temps. Il avait de plus, une telle aptitude à proposer des solutions que, pendant plus de trente ans, les hommes politiques et les hauts fonctionnaires anglais et américains furent nombreux à l'écouter très attentivement, même s'ils ne suivirent pas toujours ses conseils. Son pragmatisme fut toujours au service de ses principes : il désirait passionnément rendre le monde meilleur. Très conscient de la misère des années 1930, il critiquait violemment les gouvernements qui s'en préoccupaient si peu ; il était convaincu que l'on pouvait venir à bout de ce problème en lui appliquant une pensée claire et une action énergique.

En dehors de l'économie et de la politique, bien des choses l'intéressaient : il aimait cultiver la terre, il aimait la philosophie, la peinture et les ballets, les vieux livres et la poésie moderne. Certains le trouvaient froid et arrogant ; avec ses amis, c'était pourtant un homme d'un commerce facile et agréable, irrespectueux et plein de verve. A sa mort, on le pleura dans bien des milieux.

Il était né à Cambridge en 1883, l'année où mourut Marx. C'était le fils d'un professeur d'Université qui enseignait lui-même l'économie et la logique. Au sortir d'une école préparatoire locale, il obtint une bourse pour Eton où, très vite, il s'épanouit. Tout en remportant des prix en mathématiques,

en histoire, en « humanités » et en dissertation anglaise,
il écrivait des mémoires sur divers problèmes contemporains,
faisait de l'aviron, excellait au fameux « Wall Game »,
participait à des débats publics, faisait du théâtre et trouvait
encore le temps de dévorer quantité de livres et de devenir
une sorte d'expert en poésie latine médiévale. Quand, en
1902, il entra au King's College, à Cambridge, il avait
déjà acquis la réputation d'un jeune homme raffiné et
exceptionnellement doué.

A Cambridge, la gamme de ses activités s'élargit encore.
Il fit juste assez de mathématiques pour se classer au premier
rang mais ses préférences étaient ailleurs. Il étudia la philosophie pour son propre plaisir (Alfred Whitehead distingua
plus tard Keynes et Bertrand Russel comme ayant été
ses meilleurs élèves). Il devint président de l'Union et du
Club libéral de l'Université. Il se lia d'amitié avec des gens
tels que Lytton Strachey et Leonard Woolf qui plus tard
allaient former le noyau du groupe de Bloomsbury [1].
Il lut et discuta sans cesse, mais trouva cependant beaucoup
de temps à consacrer au bridge et à l'aviron, à la visite
d'expositions, à sa collection de livres rares, à la fréquenta-
tion des théâtres et à la poursuite d'une volumineuse corres-
pondance avec sa famille et ses amis.

Un an après son diplôme, Keynes se présenta à l'examen
de recrutement des Civil Servants [2]. Cette année-là, il avait
passé beaucoup de temps à dévorer la littérature économique
la plus récente, à suivre les cours de Marshall et les leçons
particulières de Pigou; mais ceci ne l'empêcha pas d'obtenir
une note assez faible à sa composition d'économie. Keynes
lui-même expliqua ce résultat : « J'en savais évidemment
beaucoup plus que mes examinateurs en sciences économiques. » C'était probablement vrai. Il fut cependant reçu
second à cet examen et fut affecté à l'Indian Office [3]. Il
s'y ennuya profondément et pendant deux ans, il consacra
ses heures de bureau à des travaux personnels (notamment
à un essai sur le calcul des probabilités). Puis il démissionna

1. Sur le groupe de Bloomsbury voir : Monique Nathan, *Virginia Woolf*
(coll. « Écrivains de toujours », Éd. du Seuil).
2. Un « civil servant » est à peu près l'équivalent d'un administrateur
civil : c'est le premier grade d'une carrière de haut fonctionnaire.
3. L'India Office était une sorte de ministère des Affaires indiennes.

en prétendant que sa seule réalisation officielle avait été de faire expédier à Bombay un taureau doté d'un pedigree. Il revint à Cambridge, où il fut d'abord maître de conférences en sciences économiques, puis membre du King's College, poste qu'il allait garder jusqu'à la fin de sa vie. Poursuivant ses travaux sur les probabilités, il les publia en 1921 sous le titre *A Treatise on Probability* [1], ouvrage dont Bertrand Russel disait « qu'on ne saurait assez le vanter ». Ses autres activités demeuraient des plus diverses, allant des petits-déjeuners pris en compagnie d'Henry James, ou des interminables discussions avec Wittgenstein, à la réorganisation des finances du King's College et aux discours tenus aux réunions du parti libéral, lors des élections législatives.

Malgré toutes ces occupations, ses efforts se concentraient de plus en plus sur la science économique. Il l'étudiait, l'enseignait, commençait à lui apporter quelques contributions originales et, par-dessus tout peut-être, il mettait l'accent sur le devoir qu'avait la théorie économique d'approfondir les problèmes pratiques auxquels les firmes et les gouvernements étaient confrontés.

En 1911, il devint directeur de l'*Economic Journal* – qui était certainement à cette époque et demeure peut-être le plus important des périodiques économiques dans le monde entier. En 1913, la publication de *Indian Currency and Finance* montra qu'il n'avait pas complètement perdu son temps à l'India Office. A la suite de cette publication, il fut nommé membre d'une Commission royale créée afin d'examiner le problème de la monnaie indienne. A ce titre, il fit une forte impression tant sur le président de la commission (Austen Chamberlain) que sur les hommes politiques et les hauts fonctionnaires qui participaient à ces travaux, non seulement par sa maîtrise des problèmes les plus complexes mais aussi par sa conscience des difficultés politiques et humaines que ces problèmes impliquaient. C'est vers ce moment qu'il commença de se faire une réputation « d'oiseau rare » qui, tout en survolant superbement la théorie économique, comprenait également comment les choses se passaient dans la vie réelle.

---

1. *Traité sur les probabilités.*
2. *Les Finances et la Monnaie des Indes.*

Pendant la première guerre mondiale, Keynes allait s'affirmer pleinement. Nommé au Trésor au début de 1915, il gravit rapidement les échelons et se vit bientôt confier la responsabilité d'un des plus importants aspects de l'économie de guerre : il lui revint de coordonner les dépenses en devises que la Grande-Bretagne et ses alliés devaient consacrer aux importations prioritaires. Il fit alors la connaissance de Lloyd George et d'autres dirigeants du cabinet, et gagna leur confiance, même si, en ce début de carrière, il n'épargnait personne. Un jour, alors que Lloyd George avait pontifié longuement sur la situation en France et lui demandait son avis, Keynes lui répondit poliment : « Avec le plus grand respect, je dois, si vous me demandez mon opinion, vous dire que, selon moi, votre exposé ne vaut rien. » Ce n'est pas l'envie qui manque aux hauts fonctionnaires de parler ainsi aux ministres; mais peu vont jusqu'à oser le faire. Chez Keynes, c'était une habitude.

Vers la fin de la guerre, on commença à s'interroger sur le montant des réparations que devraient payer les Allemands. Keynes fut invité à étudier cette question. Il estima que 2 milliards de livres sterling, avec paiement échelonné sur un certain nombre d'années, serait un chiffre raisonnable. Une autre estimation, établie sous l'influence de la Banque d'Angleterre, atteignait 24 milliards de livres : elle équivalait pratiquement au coût total de la guerre, supporté par les Alliés. Keynes qui avait toujours fait preuve d'un puissant irrespect pour la sagesse économique des banquiers fit observer que, pour régler les réparations de guerre, il ne suffirait pas de signer un chèque; il faudrait en outre produire des marchandises en Allemagne et trouver le moyen de les expédier à l'étranger, le tout gratuitement. Vu la dimension et l'état de l'économie allemande d'après-guerre, un chiffre de 24 milliards n'avait aucun sens.

Après les nombreux atermoiements des Alliés (au cours desquels Keynes proposa – sans succès – de faire préfinancer les réparations allemandes par des prêts américains – proposition assez comparable au Plan Marshall du second après-guerre), le traité de paix de Versailles fut signé. Il ne contenait aucun chiffre précis mais le contexte et le ton du traité ne laissaient aucun doute sur le fait que de lourds paiements seraient exigés de l'Allemagne au titre des réparations. Keynes était convaincu que de telles exigences, auraient des conséquences politiques désastreuses. Il démissionna de ses fonctions au Trésor et exprima ses idées dans *The Economic Consequences of the Peace* [1]. « Si nous cherchons délibérément à appauvrir l'Europe centrale, disait-il, j'ose prédire que la vengeance sera terrible. » Avant longtemps, nous aurons une guerre « qui, quel que soit le vainqueur, détruira la civilisation et les progrès de notre génération ».

Keynes avait-il raison? Jusqu'à ce jour, deux points de vue s'opposent à ce sujet. Certains pensent que c'est avant tout son intervention qui empêcha l'écrasement définitif de la puissance germanique et encouragea le retrait désastreux des Américains d'Europe. D'autres estiment que les demandes de réparations étaient, comme le disait Keynes, irréalistes (finalement, les Allemands payèrent bien moins que les 2 milliards de livres fixés par Keynes) et que les tentatives faites pour en obtenir le paiement entraînèrent une révolution sociale, et créèrent un climat d'amertume, qui furent les causes principales du succès d'Hitler. Le témoignage de l'Histoire semble peser, tous comptes faits, en faveur de Keynes.

Vraies ou fausses, *les Conséquences économiques de la paix* furent aussitôt un best-seller. Ce succès contraria beaucoup l'establishment de Westminster et Whitehall [2], mais fit connaître Keynes à un large public national et même international. Le manteau de la renommée le recouvrit : il apparut comme un personnage public redoutable, provoquant de vives controverses. Ses opinions sur de nombreux aspects de la politique économique devinrent ensuite familières aux lecteurs du *Manchester Guardian* et de *The Nation* dont Keynes était président.

Cela ne l'empêchait pas de s'intéresser à de nombreuses autres activités. Il donnait des cours à Cambridge; il bavardait avec ses amis de Bloomsbury. Il devint président d'une compagnie d'assurance-vie. Il commença aussi à spéculer sur les devises et sur les marchandises traitées en Bourse (il

1. *Les Conséquences économiques de la paix*, 1922.
2. C'est-à-dire les milieux politiques et gouvernementaux.

finit par se constituer de la sorte une fortune de 500.000 livres, grâce à son flair économique). Il devint encore intendant du King's College qu'il enrichit par ses opérations en Bourse. Il épousa enfin une danseuse étoile du ballet Diaghilev.

En 1923, il publia *A Tract on Monetary Reform*[1] où il déclarait que la Grande-Bretagne ne devrait pas, comme on le pensait généralement, revenir au système d'étalon-or d'avant-guerre. Ce pamphlet attaquait l'un des principaux piliers du système économique britannique et Keynes se trouva pratiquement seul à défendre ce point de vue. Quand il fut clair que le gouvernement était tout à fait déterminé à rétablir l'étalon-or Keynes plaida pour qu'au moins il ne revienne pas à la parité d'avant-guerre; mais là aussi il échoua.

Dans *The Economic Consequences of Mr Churchill*[2] Keynes démolit les arguments qui fondaient cette décision. Il insista sur le fait qu'elle conduirait à une surévaluation de la monnaie et à la persistance d'un important chômage. Comme ce fut si souvent le cas, il avait raison. Il demanda que le gouvernement consacrât de vastes sommes à financer d'importants travaux publics, afin de maîtriser le problème du chômage, quand bien même de telles dépenses devraient entraîner un important déficit budgétaire. Mais il ne put fournir aucune justification théorique pour soutenir cette idée « manifestement malsaine » et sa proposition n'eut guère d'écho. Il eut cependant assez d'influence sur Lloyd George pour obtenir que le programme du parti libéral, aux élections de 1929, contînt des promesses de dépenses publiques plus élevées, afin de remédier au chômage.

En 1930, Keynes publia *A Treatise on Money*[3], ouvrage très dense où il développa plusieurs des concepts et des relations qui allaient trouver dans *la Théorie générale* leur mise en forme définitive. Membre de la commission Mac-Millan sur les Finances et l'Industrie (créée par Snowden en 1929), il exerça une très forte influence sur les recommandations de cette commission, sans toutefois réussir à la convaincre de l'efficacité des travaux publics.

1. *Brochure sur la réforme monétaire.*
2. *Les Conséquences économiques de M. Churchill.* L'ouvrage tire son nom du Chancelier (ministre des Finances) à qui revint la décision.
3. *Un traité sur la monnaie.*

En 1930, le Premier ministre le nomma président d'un comité d'économistes dont la mission serait de conseiller le gouvernement sur l'attitude à adopter face au chômage croissant. (Les travaux publics étant exclus, Keynes préconisa le protectionnisme.) En 1935, il fit construire le bâtiment du théâtre des Beaux-Arts à Cambridge. 1936 vit enfin la publication de sa *Théorie générale*. En 1937, une grave crise cardiaque le terrassa. Sa santé n'avait jamais été bonne. Il allait être un semi-invalide pour le restant de ses jours, mais fit preuve d'une telle volonté que beaucoup ne s'en aperçurent jamais.

Quand la seconde guerre mondiale éclata, Keynes reprit du service au Trésor. Cette fois, il y fut reçu non comme un fonctionnaire, mais comme un conseiller dont l'influence et le renom justifiaient qu'on le plaçât hors hiérarchie.

Son nouvel ouvrage – *How to pay for the War* [1] – publié en 1940, proposait des solutions tout à fait neuves aux problèmes financiers internes qui allaient résulter de la guerre. Par ailleurs, il fut mêlé très étroitement à de nombreux autres travaux – tels que le rapport Beveridge sur la Sécurité sociale et le Livre blanc de 1944 sur la politique de l'emploi. En 1942, il fut élevé à la pairie et, la même année – comme pour témoigner de la diversité persistante de ses goûts – il fut nommé président d'un « Comité pour l'encouragement de la Musique et des Beaux-Arts ».

Toutefois, sa principale mission, pendant la seconde guerre mondiale, fut de négocier avec les Américains : de fait, il dirigea la délégation britannique, qui négocia les accords de prêt-bail, puis œuvra dans celle qui prépara, à Bretton-Woods, la constitution de la Banque mondiale et du Fonds monétaire international. Il négocia enfin les modalités du prêt que les États-Unis accordèrent à la Grande-Bretagne sitôt après la guerre. Toutes ces négociations furent très complexes et très délicates; pendant toute leur durée, Keynes révéla ses qualités dans la conduite des débats; sa rapidité d'esprit, la fertilité de son imagination, sa compréhension des plus vastes problèmes comme des moindres détails, son esprit et son savoir-faire lui valurent l'admira-

---

1. *Comment financer la guerre.*

tion inconditionnelle de tous les participants et lui permirent d'aboutir à un résultat qui, selon certains, fut bien supérieur à ce que n'importe quel autre négociateur eût pu obtenir. Cependant, même Keynes ne pouvait toujours gagner. Les États-Unis assortirent le prêt d'après-guerre (essentiel à la survie de la Grande-Bretagne, après l'expiration du prêt-bail) de conditions qui mettaient en danger la reprise économique du pays – ce dont Keynes était amèrement conscient. Il déploya toute son énergie pour faire comprendre aux Américains la nature des nouveaux problèmes économiques que la guerre avait fait apparaître, mais il échoua.

Il mourut d'une nouvelle crise cardiaque, en avril 1946, à l'âge de 62 ans. Ainsi disparut un homme dont la sagesse aurait pu être infiniment précieuse à l'économie anglaise d'après-guerre, délabrée et stagnante. Il nous léguait cependant une explication du fonctionnement du système économique, qui a transformé le monde.

2. La théorie économique avant Keynes

Le chômage fort élevé, sévissant entre les deux guerres, se présentait sous un jour particulièrement alarmant : des hommes pleins de bon sens entreprirent de le combattre et pourtant, non seulement ils n'en vinrent pas à bout mais, à leur stupéfaction, ils aggravèrent la situation. Keynes apporta une explication à cette énigme. Il écrivit dans *la Théorie générale* : « Les idées des économistes et des penseurs politiques exercent une influence plus puissante qu'on ne le pense communément. En vérité, elles mènent le monde. Des hommes de bon sens se croient soustraits à toute influence intellectuelle; en fait, ils sont le plus souvent les esclaves de quelque économiste disparu. » Précisément, ces hommes des années 1920 et 1930, qui se voulaient très pragmatiques, ne furent que les esclaves d'économistes appartenant à un passé révolu. En effet, le bouleversement de la société, depuis la parution de leurs écrits, avait rendu caduques certaines de leurs hypothèses de base. Ceci explique pourquoi les choses allèrent si mal.

Pour comprendre les années d'entre-deux guerres et l'importance de la théorie keynésienne, il faut, en premier lieu, examiner ce qu'avaient dit les économistes pré-keynésiens sur le problème de l'emploi.

Smith, Ricardo et Malthus.

Les origines de la théorie économique sont bien lointaines : les écrits d'Hésiode et des prophètes hébreux reflètent l'intérêt que portaient déjà leurs auteurs à cette science; mais on peut pratiquement considérer Adam Smith, qui publia *la Richesse des nations* en 1776, comme le fondateur de la science économique moderne. Smith fut peut-être un excentrique, un distrait, répondant par là, à la caricature classique du professeur; il dicta son livre, confortablement assis au coin du feu et peut-être est-ce à cette façon de faire que l'on doit l'aisance avec laquelle Smith, dans son ouvrage, embrasse l'universalité des connaissances humaines : dans le vaste index analytique (qui n'a d'ailleurs pas été compilé par Smith), la lettre A commence par ABASSIDES *(pendant les règnes des –) Sarrasins opulents* et la lettre Z par ZAMA *(bataille de –), armées y étant engagées.* Cet ouvrage recouvre donc un très grand domaine de connaissances et pourtant, l'on n'y trouve aucune allusion au niveau de l'emploi. Cette question n'intéressait manifestement pas l'auteur : il ne se la posa sans doute même jamais. A l'époque où vécut Smith, l'agriculture était encore, et de loin, l'activité économique la plus importante; dans une telle société, distinguer ceux qui possèdent un emploi, de ceux qui n'en possèdent pas, n'est pas toujours possible : toute la famille travaille, mais il se peut qu'elle soit sous-employée.

De plus, les salaires étaient si faibles que la distinction entre chômeurs et non chômeurs, à supposer qu'on pût la faire, était beaucoup moins caractéristique de la société de ce temps, que d'autres divisions, celles existant, par exemple, entre les propriétaires terriens, les industriels et les ouvriers. En réalité, Smith supposa tout simplement qu'il y avait toujours plein emploi.

Après lui, David Ricardo occupa une place fort importante dans l'histoire de la pensée économique. Il fit publier la première édition de ses *Principles of Political Economy and Taxation*[1] en 1817. Comme Adam Smith et comme de nombreux économistes du XIXe siècle ensuite, il se consacra principalement à l'étude des facteurs qui gouvernent la distribution du revenu national, entre les classes sociales les plus significatives : propriétaires terriens, capitalistes et travailleurs. Chacune de ces classes reçoit respectivement l'une des trois parts du revenu national : les rentes, les profits et les salaires.

---

1. *Principes de l'économie politique et de l'impôt.*

Pour Ricardo, l'investissement des industriels en machines et en équipement constituait l'une des activités les plus importantes au sein de l'économie. Les industriels devaient faire de larges profits afin de les investir en machines supplémentaires qui enrichiraient le pays en permettant de produire plus.

Le bien-fondé d'investissements toujours croissants était donc selon lui certain; c'est à cette conviction que s'opposa un pasteur appelé Thomas Malthus.

Malthus est connu aujourd'hui pour sa théorie selon laquelle la population a tendance à croître beaucoup plus rapidement que les subsistances, ce qui explique l'apparition périodique de la famine. Ricardo ne s'opposa pas à cette théorie. Par contre, les idées qu'émit Malthus dans le restant de son œuvre se révélèrent plus sujettes à controverse. Ricardo et Malthus entamèrent un dialogue qu'ils allaient poursuivre pendant fort longtemps et où, pour la première fois peut-être, l'on vit se poser clairement le problème des causes déterminantes du niveau de l'emploi.

Probablement parce qu'il s'identifia aux classes agricoles, (s'opposant par là à Ricardo, porte-parole de la classe montante des industriels), Malthus vit avec pessimisme se développer le processus de l'accumulation du capital et de son investissement dans l'industrie. Cet investissement, dit-il, risque d'accroître la capacité de production de la société à un rythme plus rapide que sa capacité de consommation. Les salaires perçus par les ouvriers ne représentent après tout qu'une partie de la valeur de ce qu'ils produisent. Ils ne peuvent donc acheter qu'une partie de la production totale de biens. Que va-t-il advenir du reste? L'équipement industriel s'accroît, la production totale augmente, le pays ne court-il pas le risque de se trouver face à une « surabondance générale de biens » qui ne peuvent être écoulés sur le marché? Cette situation ne mènera-t-elle pas au chômage? Et Malthus poursuit son argumentation, en exagérant sans doute un peu : ne doit-on pas se réjouir de l'existence d'une classe importante de propriétaires terriens qui jusqu'à maintenant, en ne produisant rien mais en consommant beaucoup, ont réussi à écarter le jour néfaste où cet excès général de biens apparaîtra?

La réponse de Ricardo est remarquable parce que, pendant très longtemps, les faits ont attesté sa vraisemblance : dès l'origine elle a semblé hors de doute et pendant un siècle, des économistes l'ont reprise à leur compte.

Ricardo admettait, avec Malthus, qu'un excès de biens pouvait survenir dans l'économie; seulement, il en précisa la nature : cet excès ne pourrait être que temporaire et n'intéresserait qu'un type bien particulier de biens. Un bouleversement soudain (tel celui provoqué par une guerre, un changement de mode ou de fiscalité) peut entraîner une chute de la demande d'un certain bien, qui se trouve alors, pour un moment, en excédent sur le marché; l'arrêt de sa production met en chômage une partie de la main-d'œuvre et des machines qui participaient jusqu'ici à cette production. Mais il ne faut pas oublier que, si les dépenses consacrées à l'achat d'un bien donné diminuent, cette diminution va être compensée par l'accroissement des dépenses portant sur un autre bien; cet autre bien dont la demande aura alors eu le temps d'augmenter, se trouvera en quantité insuffisante sur le marché. Il faudra donc produire ce nouveau bien et sa production engendrera de hauts salaires dans l'industrie dont les produits ne sont plus demandés. Il y aura ainsi transfert des facteurs de production, travail et capital, d'une industrie à l'autre. Le nouveau mode de production rétablira bientôt l'équilibre. C'est ainsi que Ricardo expliqua l'impossibilité de se trouver face à un chômage (d'hommes ou de machines) autre que temporaire, et intervenant pendant la phase transitoire d'un déplacement de la demande.

Quant au raisonnement de Malthus selon lequel un excès *global* de biens, (et donc un chômage généralisé) pourrait exister, les travailleurs étant dans l'impossibilité d'acheter la totalité de leur production, c'était d'après Ricardo, un raisonnement absurde. Pour appuyer son argumentation, Ricardo se référa aux écrits d'un économiste français, Jean-Baptiste Say. La « loi de Say » fut exposée pour la première fois, en 1803, et n'a cessé depuis de semer la confusion dans les esprits. On la résume habituellement par cette courte phrase : « L'offre crée sa propre demande. » En d'autres termes : le processus de fabrication d'un bien destiné à être vendu sur le marché engendre la création d'un revenu grâce auquel ce bien peut être acheté. En effet, le prix final d'un bien est tout simplement égal au coût des matériaux et de la main-d'œuvre employés pour le fabriquer, auquel vient s'ajouter le profit revenant à l'entrepreneur. Autrement dit, en participant à la production d'un bien, le fournisseur de matériaux, le travailleur et le capitaliste ont, à eux trois, gagné autant d'argent qu'il en faut pour l'acheter. Bien sûr, ils n'achètent pas le seul bien qu'eux-mêmes ont produit, mais ce qui est vrai d'une entreprise (au plan individuel) est vrai pour l'ensemble des entreprises (au plan global). Il est créé dans le pays un revenu juste suffisant pour permettre à la population d'acheter tout ce qui est produit. Un excès de biens est par là même une absurdité.

Cependant Malthus ne se satisfit pas de cette réponse de Ricardo. Il posa la question : que se passera-t-il si les capitalistes ne *dépensent* pas leurs profits mais les *épargnent*? Il est certain que, dans cette éventualité, un excès de biens apparaîtra, car une partie de l'argent dont la dépense est nécessaire pour que, sur le marché, toutes les marchandises soient liquidées, ne sera pas dépensée.

Ricardo répondit à cette objection : l'argent épargné par le capitaliste ne reste pas dans sa poche. Il est investi — c'est-à-dire consacré à des dépenses en machines, biens d'équipement, immeubles, etc. En d'autres termes, le simple fait que le capitaliste ne consacre pas tous ses profits à des dépenses en biens de consommation ne signifie pas que ces profits resteront inemployés. Au contraire, ils vont servir à acheter des machines et autres biens de capital.

Ce raisonnement de Ricardo était plus ou moins juste *à l'époque où il le formula*. Au début du XIXe siècle, c'est seulement grâce à leurs propres profits que la majorité des entrepreneurs pouvaient financer les constructions et les machines dont ils avaient besoin pour étendre leur activité. Il n'existait pas de Bourse des valeurs bien organisée leur permettant de se procurer les fonds nécessaires; quant aux prêts bancaires, leur usage était encore assez peu développé. Il était rare qu'un entrepreneur possédât des profits dont il ne sût que faire; c'est plutôt le cas contraire qui se présentait : après avoir soustrait de ses profits, les dépenses d'entretien de son ménage, ce qui lui restait ne suffisait généralement pas aux besoins de son entreprise. C'est pourquoi la morale de l'époque victorienne fit tant de cas de l'industriel qui se privait lui-même et privait sa famille, afin de pouvoir réinvestir le fruit de ses privations, sou par sou, dans son industrie.

Il n'empêche que le raisonnement de Ricardo, selon lequel les salaires et les profits entièrement dépensés, rendaient impossible le chômage généralisé, comportait une insuffisance dont Malthus fut conscient mais qu'il ne réussit pas à définir.

D'autres économistes, en particulier au début du xxᵉ siècle, allaient se préoccuper de ce problème. Mais ce fut Keynes qui, prenant rapidement conscience de l'importance des questions soulevées par Malthus, mit, le premier, le doigt sur la vérité.

Marx.

Après Ricardo et Malthus, le principal courant de la pensée économique se détourna des problèmes macro-économiques.

Pendant presque tout un siècle, la micro-économie fut à l'honneur [1]. A cette règle générale, il y eut pourtant des exceptions dont la plus notable fut l'œuvre de Karl Marx.

Sur le plan de la science économique, Marx resta tout-à-fait dans la tradition d'Adam Smith et de Ricardo. Il adopta l'essentiel de leur cadre de pensée et le modela à sa façon. Mais il exprima dans ses ouvrages des vues pénétrantes et très originales : le rôle qu'il attribua au cycle économique [2] en est un des meilleurs exemples.

Il fut le premier économiste éminent à intégrer le cycle économique dans son analyse. A l'époque où écrivit Marx (dans les années 1850 et 1860), le cycle économique était

---

1. Un facteur de production contribue à la production d'un bien. Dans le cas le plus simple, on distingue trois facteurs de production : la terre, le travail, le capital.
2. Nous discutons le cycle économique de façon plus approfondie un peu plus loin.

déjà un phénomène bien connu et toute théorie de la croissance économique devait en tenir compte. Marx, non seulement lui accorda une grande place dans son œuvre, mais il y vit l'expression même des contradictions internes du système capitaliste; s'attendant à ce que les cycles économiques aillent en s'aggravant, il pensa que cette aggravation progressive finirait par entraîner l'effondrement du système.

L'analyse marxiste de l'évolution du système capitaliste ressemble par plus d'un trait à une anguille : à peine pense-t-on l'avoir saisie qu'elle vous glisse entre les mains. Une interprétation de l'essentiel de son raisonnement pourrait se concevoir ainsi : La concurrence force les entreprises capitalistes à investir leurs profits en machines économisant de la main-d'œuvre; sans cela le rendement de leurs investissements baissera, les obligeant finalement à cesser toute activité. Mais l'installation de machines économisant de la main-d'œuvre va entraîner une baisse du nombre d'emplois disponibles, donc un accroissement du nombre des chômeurs. Avec la hausse du chômage, les salaires tendront à baisser; ceci s'explique par l'existence d'une « armée de réserve » de chômeurs; en effet, les capitalistes menaceront les ouvriers qui possèdent encore un emploi, de les remplacer par des chômeurs pris dans « l'armée de réserve » et les obligeront ainsi, par intimidation, à se contenter de plus bas salaires. Seulement, dans l'analyse marxiste, la baisse du niveau de l'emploi s'accompagne aussi d'une baisse des profits car la valeur de ce qui est produit (et donc vendu) dépend du nombre d'heures de travail qu'il faut à un homme pour le produire. Cette baisse des profits ne tarde pas à provoquer une crise : les profits tombent à un si bas niveau que de nombreuses affaires font faillite; l'investissement en équipements et en machines cesse plus ou moins; de nouveaux travailleurs perdent leur emploi et l'armée de réserve des chômeurs s'accroît.

L'économie est alors au plus bas d'une dépression. Finalement, la crise s'achève avec l'absorption des entreprises de petite dimension par les grosses entreprises qui achètent leurs équipements et leurs machines à des prix dérisoires; cette opération leur permet de rétablir une situation où elles

MACRO-ÉCONOMIE ET MICRO-ÉCONOMIE

Les termes **macro-économie** et **micro-économie** viennent du grec makros et mikros (grand et petit).

La macro-économie est l'étude de l'économie considérée dans son entier : la micro-économie s'intéresse à des éléments beaucoup plus limités de l'économie nationale. Ainsi par exemple, en macro-économie on se demande : qu'est-ce qui détermine le volume de la production totale d'un pays ? qu'est-ce qui détermine le nombre des personnes qui sont employées dans un pays à un moment donné ? qu'est-ce qui détermine le partage du revenu national entre les salaires et les traitements d'une part et les profits et les rentes d'autre part ? ou bien encore, quels sont les facteurs qui régissent la distribution du revenu national entre la consommation d'une part, et l'investissement d'autre part ? De son côté, la micro-économie s'intéresse à une firme particulière, à un produit donné, à un travailleur donné. En micro-économie on se demande par exemple : pourquoi telle entreprise produit-elle telle quantité et non pas plus ou moins ? qu'est-ce qui détermine le prix auquel cette entreprise vend ses produits ? qu'est-ce qui détermine le salaire que tel individu reçoit ?

Cette distinction est assez récente : les économistes du XIXᵉ siècle ne la faisaient pas. Mais c'est précisément faute de l'avoir faite que ces économistes ont été conduits (et avec eux leurs successeurs du XXᵉ siècle) à formuler, pour ce qui concerne le chômage massif, des diagnostics inexacts et des propositions d'actions souvent dangereuses. Leur erreur a été de fournir ce que nous appellerions aujourd'hui des réponses micro-économiques à des questions d'ordre macro-économique. Par exemple, de penser que la théorie des prix (qui, étant donné la façon dont ils l'ont conçue, est essentiellement une notion micro-économique) pouvait expliquer le niveau de l'emploi (qui, lui, est un concept d'ordre macro-économique).

Ce fut l'une des découvertes de Keynes que les facteurs déterminant le comportement de l'économie dans son ensemble ne sont pas seulement une sorte de multiple des facteurs déterminant le comportement de tel ou tel fragment de l'économie : de là provient la distinction entre la macro-économie et la micro-économie.

peuvent à nouveau faire des profits. Malgré ces reprises périodiques, une tendance à long terme existe qui rend chaque crise plus grave que la précédente et qui aboutit à une structure monopolistique de l'industrie.

La dimension des entreprises augmente, la concurrence qui, à l'origine, obligeait les entreprises à investir leurs profits en biens d'équipement s'affaiblit et avec elle, disparaissent peu à peu les motivations qui incitaient les entrepreneurs à poursuivre ce type d'investissement. Comme seule une petite part des profits capitalistes peut être consacrée aux dépenses de consommation, la surabondance générale de biens qu'avait crainte Malthus deviendra effective. Ainsi, le chômage augmentera de plus en plus.

Dans les années 1930, l'œuvre de Marx fut une véritable révélation pour beaucoup de gens qui furent frappés d'admiration devant la justesse de ses prédictions : il apparut alors que non seulement Marx avait prédit la grande dépression et en avait expliqué les causes sous-jacentes, mais qu'il avait même, proposé un remède à la situation économique désastreuse devant laquelle on se trouvait maintenant impuissant. La révolution annoncée et souhaitée par Marx s'était réalisée en Union soviétique; on ne s'étonnera donc pas qu'en Europe occidentale, parmi les gens les plus intelligents et les plus réceptifs à ses idées, nombreux furent ceux qui se référèrent à l'expérience du communisme soviétique pour tenter de mettre fin au chômage de masse des années 1930.

L'analyse marxiste contient une grande part de vérité. Néanmoins elle ne peut pas véritablement expliquer ce qui s'est passé au cours des années 1920 et 1930. Malgré de nombreuses similitudes entre les événements de ces années-là et ceux qu'avaient prédits Marx, il n'a pas été possible de concilier un des fondements de la théorie marxiste avec la réalité : toute l'analyse de Marx repose en effet sur l'impossibilité, pour le niveau de vie du travailleur moyen, de s'élever à long terme au-dessus du niveau de subsistance; or, l'expérience a montré que la réalité avait été toute différente : en Grande-Bretagne, le revenu réel par tête en 1920 (et même pendant l'année la plus terrible de la dépression, en 1932) fut plus de deux fois supérieur à ce qu'il avait été en 1860.

Même si l'on ne peut accepter tout entière sa théorie de la croissance économique, Marx n'en a pas moins marqué de façon décisive l'évolution de la théorie économique. Il fut le premier économiste notoire à remarquer qu'un chômage très important survenait fréquemment dans les pays industriels en plein développement de l'Europe occidentale et à estimer que ce fait méritait une explication; d'autre part, il émit des doutes sur la justesse des hypothèses de Ricardo sur l'investissement automatique des profits et ceci était une innovation du plus grand intérêt. Marx disait : il est tout à fait possible que la capacité de production de la société surpasse sa capacité de consommation; en économie capitaliste, les dépenses de consommation des travailleurs sont faibles, puisque leurs salaires atteignent juste le niveau de subsistance; il en est de même des dépenses de consommation des capitalistes, car ceux-ci ne sont pas très nombreux; et l'on ne voit pas pourquoi ils consacreraient leurs profits à des dépenses d'investissement puisque, s'ils achetaient de nouvelles machines, l'insuffisance de la demande de biens qu'elles serviraient à fabriquer révélerait l'inutilité de cet investissement.

La théorie des prix.

Marx, nous l'avons dit, fut une exception. La plupart des économistes, à partir de 1820 environ, se consacrèrent principalement, pendant un siècle ou presque, aux problèmes micro-économiques. Beaucoup de ceux-ci ne relèvent pas de notre étude, mais il nous faut repérer quelques fils directeurs de cette théorie micro-économique, afin de mieux comprendre ce que pensaient les économistes des années 1920.

La préoccupation essentielle de la science économique au XIXᵉ siècle fut de rechercher ce qui déterminait *le prix* ou *la valeur* d'un bien ou d'un facteur de production. (On distingua le prix d'un bien de sa valeur, prix et valeur n'étant pas nécessairement égaux – cette distinction fut elle-même à l'origine de discussions sans fin.) Après la mort de Ricardo, on en vint très vite à expliquer la formation du prix d'un bien, moins en fonction de son coût de production que de la somme d'argent dont les consommateurs étaient prêts à se défaire pour en disposer. En effet d'après les théories d'Adam Smith et de Ricardo, un bien coûtait 100 francs parce qu'il avait fallu quatre heures de travail, payées chacune 25 francs, pour le fabriquer. D'après la nouvelle « théorie de l'utilité », il coûtait 100 francs parce que l'on était prêt à payer 100 francs pour l'obtenir. Cette approche toute nouvelle fut résumée de façon pittoresque par un économiste (plus tard archevêque), nommé Whately : « Les perles coûtent très cher, non pas parce que des hommes ont plongé pour aller les prendre; bien au contraire, des hommes plongent à leur recherche parce qu'elles se vendent très cher. » Le siècle s'écoula et des théories plus compliquées furent formulées; elles cherchèrent à définir les facteurs déterminants, à la fois du coût de production d'un bien et du prix que les consommateurs étaient disposés à payer pour se le procurer. L'économiste de Cambridge, Alfred Marshall, résuma tout ceci dans une formule imagée : l'offre et la demande d'un bien doivent être considérées comme les deux lames d'une paire de ciseaux, toutes deux nécessaires à l'explication de son prix. Pour n'importe quel bien, on pourrait (s'il n'existait aucun élément d'incertitude) construire une « courbe de demande » qui indiquerait les quantités de ce bien qui sont demandées (donc achetées) en fonction de différents prix. Dans ce cas on pourrait supposer que les quantités achetées d'un bien donné seraient d'autant plus petites que le prix serait plus élevé. Pour chacun des prix, les quantités achetées correspondantes dépendraient de facteurs tels que le revenu et les goûts des consommateurs, les prix des autres biens (en particulier de ceux qui lui seraient directement substituables), etc.

De la même façon, poursuivit Marshall, on pourrait, théoriquement en tout cas, construire une « courbe d'offre » qui indiquerait les quantités de biens qui sont offertes (c'est-à-dire produites) en fonction de différents prix. On peut alors présumer que les quantités produites seraient d'autant plus grandes que le prix serait plus élevé; mais pour n'importe quel prix, la quantité exacte produite dépendrait du coût de la main-d'œuvre, des matériaux et de l'équipement, supporté par l'entrepreneur, et du profit qu'il se réserverait, afin d'être en mesure de poursuivre son activité. Le prix effectif s'établissant sur le marché serait évidemment celui pour lequel les quantités demandées seraient égales aux quantités offertes; autrement dit, ce serait le prix égalisant les quantités que les consommateurs désireraient acheter et celles que les entrepreneurs désireraient produire.

Le raffinement et la synthèse de la théorie de l'offre et la demande ne s'arrêtèrent pas avec Marshall. Elle fut le principal sujet de préoccupation des économistes jusqu'aux années 1930. Et même, au début de cette décennie, un bouleversement complet du contexte initial à partir duquel on l'avait jusqu'ici élaborée, lui insuffla un sang nouveau. Ce changement résulta d'un nouveau mouvement d'idées (auquel Keynes lui-même fut jusqu'à un certain point associé), mouvement qui se développa à Cambridge et à Harvard.

Les rendements décroissants et la productivité marginale.

Pour bien comprendre ce qui suit, il faut remarquer que cette analyse classique de l'offre et de la demande était censée s'appliquer de façon très générale; elle devait expliquer la formation du prix de tout ce qui a un prix, de tout ce qui s'achète et se vend. On pensa donc que cette théorie de l'offre et de la demande expliquait, non seulement le prix des marchandises, mais aussi celui de la *monnaie* (c'est-à-dire le taux d'intérêt) et celui du *travail* (c'est-à-dire le salaire). Pour des raisons de commodité, on peut remettre à plus tard (page 77) la discussion de ce que les économistes du xixᵉ siècle ont écrit au sujet du taux d'intérêt; nous nous occuperons ici, de ce qu'ils dirent à propos des salaires.

Selon eux, le salaire moyen correspond tout simplement au prix du facteur travail; il est déterminé comme tout autre prix par l'interaction de l'offre et de la demande. En courte période, l'offre de travail est constante : elle est égale à l'effectif de la population totale, ou en tout cas, à celui de la population active. (En longue période, évidemment, la gran-

LA CONCURRENCE

La théorie du XIXe siècle avait supposé (assez raisonnablement d'ailleurs, étant donné la structure de l'agriculture et de l'industrie, au moment où elle fut élaborée) qu'au sein de la même industrie, les entreprises étaient en **concurrence parfaite** — ce qui signifiait qu'elles étaient assez petites et produisaient toutes exactement le même produit. L'entreprise individuelle n'exerçait donc aucun contrôle sur le prix de ses biens — elle devait se soumettre au prix formé sur le marché par la confrontation de l'offre et de la demande. En effet, si elle élevait son prix au-dessus du prix du marché, elle perdrait immédiatement tous ses clients ; et si elle abaissait son prix au-dessous du prix du marché, elle réaliserait un moindre profit.

La nouvelle théorie de **la concurrence « imparfaite » ou « monopolistique »** a reconnu que dans la réalité, les clients d'une entreprise moderne ne considèrent pas ses produits comme étant absolument identiques à ceux de ses concurrents. L'entreprise peut donc exercer un certain contrôle sur ses prix ; elle peut les élever sans pour autant perdre tous ses clients et dans certaines circonstances, elle peut réaliser de plus grands profits en abaissant ses prix car cette baisse lui permet alors d'accroître le nombre de produits vendus.

deur de la population change, mais on peut négliger ce cas pour les besoins de la présente analyse.) Par quel processus l'interaction de l'offre de travail (qui est constante) et des éléments composant sa demande va-t-elle aboutir à la fixation de son prix – c'est-à-dire à la fixation du salaire moyen ? Pour le comprendre, il faut brièvement examiner deux éléments traditionnels de la science économique : *la loi des rendements décroissants, et la théorie de la productivité marginale*.

C'est la loi des rendements décroissants que Malthus avait à l'esprit quand il avait prédit que la population mondiale s'accroîtrait plus rapidement que les subsistances et qu'il en résulterait des famines périodiques. Voici ce que dit cette loi : soit une production obtenue à partir de la combinaison de deux facteurs de production ; si l'on applique une quantité croissante d'un des facteurs à une quantité fixe de l'autre facteur de production, le produit additionnel obtenu sera d'autant plus faible (à partir d'un certain point) que la quantité du facteur variable sera plus grande. Prenons un exemple concret : supposons que 10 hommes travaillant sur 1 hectare de terre, produisent une quantité totale de 1 tonne de betteraves par an (chaque homme en produit 100 kg). Supposons maintenant que le nombre des travailleurs augmente d'une unité (11 hommes travaillent désormais sur cette même surface de terre). Selon la loi des rendements décroissants, la production de betteraves augmentera mais n'atteindra que 1 090 kilos. Le travailleur supplémentaire produira seulement 90 kilos de betteraves, alors que dans la situation initiale, la production moyenne par tête était de 100 kilos. Ajoutons un douzième travailleur ; la production augmentera encore mais seulement jusqu'à 1 170 kilos. Le douzième homme n'a ajouté que 80 kilos de betteraves à la production totale. La loi des rendements décroissants a commencé à jouer. Une de ses conséquences évidentes est la baisse de la production moyenne par tête qui est passée de 100 kilos (quand le nombre de travailleurs égalait 10) à 97,5 kilos (une fois que leur nombre a atteint 12). C'est précisément ce que craignait Malthus qui transposait cet effet des rendements décroissants à *l'échelle mondiale*.

Chaque fois qu'un travailleur supplémentaire est embauché, la production totale s'accroît mais *cet accroissement est plus faible que celui résultant de l'embauche du travailleur précédent*. Examinons maintenant ce que dit la théorie de la productivité marginale : chaque facteur de production sera rémunéré à la valeur de son produit marginal. En d'autres termes, la rémunération du facteur travail (le salaire moyen) sera égale à la valeur de ce que produit le travailleur marginal – celui dont l'employeur (fermier ou entrepreneur) estime qu'il vaut juste la peine d'être embauché. Revenons à l'exemple des betteraves. Supposons pour plus de simplicité que la demande de betteraves est telle que leur prix sur le marché s'établit à 100 francs par 100 kilos et ceci, quel que soit le nombre d'unités produites. La loi des rendements décroissants s'appliquait à notre exemple : quand la quantité de main-d'œuvre passait de 10 à 11 ouvriers, il en résultait une augmentation de la production de 90 kilos de betteraves, valant donc au total 90 francs. Si le salaire de ce onzième ouvrier était égal à 80 francs, le fermier avait bien sûr intérêt à l'embaucher : la valeur de ses ventes ayant augmenté de 90 francs, son coût ne s'étant accru que de 80 francs, il faisait encore un profit supplémentaire de 10 francs. Si, par contre, le salaire du onzième travailleur avait été de 100 francs, il n'aurait pas été rentable pour le fermier de l'embaucher : il aurait alors subi une perte de 10 francs. Pour être précis, le fermier gagnera à embaucher un travailleur supplémentaire tant que le salaire qu'il lui attribuera ne dépassera pas 89 francs et 99 centimes. Comme les autres fermiers auront également intérêt à faire de même, la concurrence garantira que le travailleur marginal est embauché contre un salaire de 89,99 francs (disons de 90 francs); On lui accordera donc *un salaire juste égal à la valeur de ce qu'il produit*. Mais si cet ouvrier reçoit une rémunération de 90 francs, tous les autres ouvriers (possédant bien sûr les mêmes caractéristiques que lui : qualification, etc., et accomplissant le même travail dans les mêmes conditions...) recevront aussi un salaire de 90 francs, car il est impossible, en situation de concurrence « parfaite », d'appliquer des prix différents à des biens ou à des facteurs de production identiques.

Dans notre exemple, donc, si 11 hommes travaillent, le salaire perçu par chacun d'eux égalera 90 francs. Supposons maintenant, comme précédemment, que le nombre de travailleurs s'accroisse jusqu'à 12 et qu'il ne résulte de l'addition du douzième homme, sur la même surface de terre, qu'une production supplémentaire de 80 kilos de betteraves, valant au total 80 francs. Dans ce cas, le salaire de chacun des 12 ouvriers ne sera plus que de 80 francs. Autrement dit, *le salaire moyen est d'autant plus faible qu'on emploie un plus grand nombre de travailleurs*.

La théorie du XIXe siècle n'a pas affirmé que ce principe jouait en tous temps et en tous lieux. L'application d'une force de travail continuellement croissante à une surface de terre constante, qui est le cas considéré dans notre exemple simplifié, n'a pas, bien sûr, été vérifiée dans la réalité. En fait la terre n'a pas été ce facteur de production fixe dont on a parlé; on a pu défricher de nouvelles terres en Grande-

Bretagne ou dans d'autres pays, – pendant tout le XIXᵉ siècle.
D'autre part, la quantité de biens de capital fabriqués par
l'homme (machines, biens d'équipement) n'a évidemment
pas cessé d'augmenter. Et, même dans le cas limite où une
force de travail croissante n'a pu être combinée qu'avec
une surface de terre constante ou une quantité fixe de biens de
capital, on a pu vérifier que, jusqu'à un certain point, il existait une zone de rendements croissants à l'intérieur de laquelle
chaque travailleur additionnel rapportait plus qu'il ne coûtait.

Néanmoins, on a généralement admis que, dans la plupart
des cas, et surtout en courte période [1], la loi des rendements
décroissants et la théorie de la productivité marginale pro-
duiraient toutes deux leurs effets.

Il vaut la peine d'insister sur les conséquences qui en
découlent. Selon la loi des rendements décroissants, le produit du dernier travailleur embauché serait d'autant plus
faible que les travailleurs employés seraient plus nombreux.
Selon la théorie de la productivité marginale, le dernier
travailleur embauché recevrait une rémunération égale à la
valeur de ce qu'il produit. Son salaire serait donc d'autant
plus faible que plus de travailleurs seraient employés. Puisqu'en situation de concurrence, le dernier travailleur embauché est assuré d'obtenir un salaire équivalent à celui de tous
les autres travailleurs, le salaire de chacun (ou salaire moyen)
sera d'autant plus faible que le nombre de travailleurs
employés sera plus élevé. Cette relation apparemment inexo-
rable entre l'emploi et les salaires a profondément marqué
l'esprit des hommes, soi-disant pragmatiques, des années
1920 et 1930, et ceci sans qu'ils en aient eu pleinement
conscience.

Le cycle économique.

Comme nous l'avons déjà précisé, à la fin du XVIIIᵉ siècle
et au début du XIXᵉ siècle, les économistes ne s'intéressèrent

1. On la définit ainsi de façon approximative : la période pendant laquelle
la grandeur de la population ou la quantité de terre et de capital disponible
ne varieront pratiquement pas.

particulièrement ni aux facteurs déterminant le niveau de l'emploi, ni à la distinction entre emploi et chômage. Dans une société semi-agricole comme celle de ce temps-là, il est vrai qu'en général toutes les personnes en âge de travailler travaillaient effectivement ; un sous-emploi généralisé caractérise beaucoup plus ce genre de société qu'une division nette entre ceux qui possèdent un emploi et ceux qui n'en ont pas.

Mais, tout au long du XIXᵉ siècle, la Grande-Bretagne s'industrialisa de plus en plus et l'on vit se préciser la distinction entre chômeurs et non-chômeurs. Un phénomène encore peu connu attira l'attention sur cette particularité ; la Grande-Bretagne en avait sans doute pourtant fait l'expérience, sans le savoir, depuis le XVIIIᵉ siècle (on ne peut fixer avec précision la date à laquelle ce phénomène économique a fait son apparition), mais c'est seulement à cette époque que l'on en prit vraiment conscience ; on l'appela le « cycle économique [1] ».

Le cycle économique se compose, comme le suggère son nom, d'un ensemble d'événements qui se répètent de façon identique à des intervalles réguliers. Du début à la fin du cycle, il s'écoule quelque huit ou dix ans.

Pendant la phase ascendante tous les éléments de la conjoncture économique sont en expansion : la production, l'emploi, les salaires, les profits et les prix augmentent, le chômage tombe à un bas niveau – peut-être 1 ou 2 % de la population active. Cette phase peut durer quatre ou cinq ans. Alors, une stabilisation générale apparaît puis, soit aussitôt, soit au bout d'un an ou deux, toutes ces mêmes variables commencent à décliner. La phase descendante dure le plus souvent trois ou quatre ans : la production, l'emploi, les revenus et les prix diminuent pendant que le chômage s'élève jusqu'à un taux de 8 à 10 %. A nouveau, tout se stabilise et les conditions sont remplies pour l'apparition d'une autre poussée expansionniste. Le cycle se super-

---

1. Les économistes anglais de l'époque victorienne parlaient d'un cycle commercial (trade cycle) ; les économistes contemporains parlent plutôt d'un cycle de la production. Les américains, pour leur part, préfèrent l'expression cycle des affaires (business cycle). L'usage français — que nous suivons ici — est de recourir à l'expression : cycle économique.

pose d'ailleurs à une tendance durable à la hausse : à chaque sommet du cycle, le niveau de la production et de l'emploi tend à dépasser le niveau atteint au sommet précédent et il ne s'abaisse pas, à chaque creux du cycle, autant que lors du creux précédent. Un graphique représentant l'évolution de la production ou de l'emploi pendant le xixe siècle ressemble assez à un escalier légèrement incliné vers l'avant.

Marx fut, nous l'avons vu, l'un des premiers à s'intéresser sérieusement au cycle économique. Son initiative ne tarda pas à être suivie par beaucoup d'autres. Une des théories les plus séduisantes fut celle de W. S. Jevons qui la formula en 1878, alors qu'il était professeur d'économie politique à l'université de Manchester. D'après lui, le cycle était provoqué par les taches du soleil : l'apparition cyclique des taches solaires provoquerait des cycles climatiques, qui entraîneraient des cycles de moissons ; ceux-ci seraient à l'origine des cycles économiques. A l'appui de sa théorie, Jevons argua du fait que pendant les 150 dernières années, chaque cycle économique avait duré en moyenne 10,44 ans environ tandis que la durée moyenne du cycle des taches solaires était de 10,45 ans. Ces chiffres étaient trop proches l'un de l'autre pour n'être qu'une simple coïncidence.

Cette hypothèse, pourtant séduisante, fut vite abandonnée. Les partisans de la théorie de Jevons ne purent jamais se mettre d'accord sur un point essentiel : les bonnes moissons avaient-elles des conséquences fâcheuses ou au contraire excellentes sur le reste de l'économie ? Mais la raison majeure pour laquelle on abandonna ce genre de théorie est facile à comprendre : avec l'industrialisation croissante de l'économie une théorie du cycle presque exclusivement fondée sur les variations de l'activité agricole devint de moins en moins acceptable. C'est au sein du système industriel lui-même – comme l'avait fait Marx – que l'on se mit de plus en plus à rechercher les causes de l'instabilité économique.

Pendant les vingt ou trente premières années du xxe siècle, on se consacra beaucoup à l'étude du cycle économique, non seulement en Grande-Bretagne, mais dans de nombreux pays industriels parmi les plus avancés. A la même époque, on commença à recueillir et à analyser une grande quantité d'informations statistiques, en particulier aux États-Unis ;

aussi devint-il plus facile de confronter chaque théorie à la réalité en l'examinant à la lumière des faits. Vers 1930 quand les États-Unis et l'Europe occidentale subirent les premières conséquences de la grande dépression, il n'existait pratiquement plus de divergences d'opinion quant aux principaux caractères du cycle économique.

Pour décrire le déroulement du cycle, il vaut mieux commencer en considérant d'abord le point de retournement au plus bas du cycle, quand le chômage atteint son maximum. Qu'est-ce qui provoque la reprise?

Presque tout le monde s'accorde à penser que celle-ci commence par une hausse de l'investissement. Les causes de cette augmentation de l'investissement sont plus discutées. Une école de pensée met l'accent sur le rôle des taux d'intérêt. Pendant la phase descendante l'incitation à faire de nouveaux investissements faiblit. A quoi bon installer d'autres machines puisque l'on ne se sert déjà pas de l'équipement existant? La demande de prêts destinés à financer de nouveaux investissements diminue donc. Simultanément, comme la phase descendante se poursuit et que la production continue à baisser, et le chômage à augmenter, l'incertitude des prévisions régnant dans l'économie, incite les gens à réduire leurs dépenses et à épargner le plus possible; ils accumulent donc de plus en plus d'encaisses oisives. Une baisse de la demande de *fonds prêtables* combinée avec une hausse de l'offre de ces mêmes fonds, fait baisser le taux d'intérêt.

Toujours selon cette même école de pensée, il arrive alors un moment où le taux d'intérêt, résultante de ces deux forces, tombe à un niveau si bas qu'il devient à nouveau rentable d'emprunter de l'argent et de l'investir en nouvelles usines ou machines. Il se peut que le taux de rendement attendu de ce nouvel investissement ne soit pas très élevé, mais le coût d'emprunt de l'argent est si bas que, même avec un faible rendement, l'opération vaut la peine d'être réalisée.

D'autres économistes pensent que la possibilité d'emprunter des fonds à très bon marché, n'explique pas, à elle seule, l'accroissement de l'investissement intervenant au début de la reprise. Le coût moins élevé de tous les autres facteurs de production, en cette période du cycle, stimule tout autant l'investissement. Pendant la phase descendante les salaires et les prix diminuent toujours. Au plus bas de la dépression, les industriels peuvent donc acheter ou louer les facteurs de production à meilleur marché que précédemment.

D'autres économistes, à leur tour, expliquent le point de retournement du cycle par des raisons plus positives; ils déclarent que l'incitation à effectuer de nouveaux investissements ne provient pas seulement du fait qu'il est désormais moins coûteux de les réaliser, mais aussi de ce qu'ils deviennent plus rentables. En effet, pendant la phase descendante et la dépression, de nouveaux produits et de nouveaux modes de production sont découverts, de nouveaux marchés apparaissent, et tôt ou tard, les industriels commencent à investir afin d'exploiter ces nouvelles possibilités.

Quelles que soient les divergences d'opinion sur l'importance respective qu'il fallait accorder aux différentes causes de l'augmentation de l'investissement, un large consensus se réalisa autour du point fondamental : cette hausse de l'investissement était le facteur déterminant de la reprise et l'une de ses principales causes résidait dans la baisse des salaires et des taux d'intérêt pendant la phase descendante.

La façon dont se déroulait le cycle, une fois la reprise assurée, ne fut pas non plus un sujet de grands désaccords. Certains des investissements effectués au début de la reprise commençant à devenir rentables, cela encourage d'autres industries à recommencer à investir. Ce faisant, elles créent des emplois supplémentaires pour fabriquer de nouvelles usines et machines et les faire fonctionner. La demande de main-d'œuvre s'accroissant, les salaires augmentent et avec eux, les sommes dépensées par les salariés, en biens de consommation. Ces dépenses incitent les industriels à accélérer encore leurs investissements afin d'être en mesure de satisfaire la demande accrue de biens. Au début et au milieu de la phase d'expansion, le financement des nouveaux investissements ne se heurte à aucun obstacle. Il se fait à partir des encaisses oisives thésaurisées par les particuliers pendant la phase descendante et la dépression; ou bien grâce aux profits réalisés dans les usines nouvellement construites; ou encore par le crédit bancaire. Les affaires ne marchant pas pen-

---

BIENS DE CONSOMMATION
BIENS D'ÉQUIPEMENT

Les **biens de consommation** sont, comme leur nom l'indique, les biens finals achetés dans les magasins par les consommateurs. Ce peut être n'importe quoi, de la chaîne haute-fidélité aux épingles à cheveux.

Les **biens d'équipement** ou **biens de capital** désignent par ailleurs l'ensemble des machines, des installations et des constructions qui sont achetées par les entreprises pour servir au processus de production.

---

dant la dépression, les banques, comme les particuliers, accumulent des encaisses oisives. Quand avec la reprise, la demande de prêts augmente, elles sont trop heureuses de pouvoir fournir de larges crédits à des taux d'intérêt peu élevés.

Et ainsi, l'expansion s'accélère. La création d'emplois et de revenus est d'autant plus importante que les dépenses d'investissement sont plus fortes. Les dépenses de consommation sont également d'autant plus grandes. Cette demande accrue de biens de consommation requiert une augmentation des quantités de matières premières, du nombre des usines, des équipements, des facilités de transport, du nombre des entrepôts et des magasins. La demande croissante de main-d'œuvre et de marchandises fait monter les salaires et les prix. Un processus cumulatif se met ainsi en marche. Tôt ou tard cependant, ce processus expansionniste s'achève; la phase ascendante s'amortit. Puis, soit aussitôt, soit seulement après plusieurs années de stabilité, l'activité économique se met à décliner. Pourquoi?

Le retournement du cycle provient, avant tout, de ce que, pendant la phase ascendante, les industries fabriquant des biens de capital bénéficient d'une expansion plus rapide que celles qui produisent des biens de consommation. Il en résulte qu'une fois le plein emploi réalisé, la distribution des ressources nationales entre le secteur des biens de production et le secteur des biens de consommation est déséquilibrée : les industries de l'acier, des machines lourdes, du ciment, mobilisent de trop grandes quantités de travail et de capital; celles de la coutellerie, du meuble, ou de l'habillement en ont trop peu à leur disposition. La production de biens de capital baisse, les hommes et les machines qui travaillent dans ces industries et qu'on ne peut transférer avec assez de rapidité ou de facilité vers les industries de biens de consommation, se voient mettre en chômage. La consommation baisse, l'incitation à investir aussi. La phase descendante commence.

L'accélérateur.

L'expansion excessive des industries de biens de production pendant la phase ascendante est provoquée par une cause bien précise : *le principe d'accélération* qui peut ainsi s'analyser : une légère variation de la production des marchandises que les consommateurs peuvent trouver à leur disposition dans les magasins de détail, tend à entraîner une variation beaucoup plus forte – amplifiée, accélérée – de la production des biens qui servent à fabriquer ces biens de consommation. Le principe est plus facile à saisir, illustré par un exemple simple.

Supposons qu'une entreprise produise chaque année 100 œufs de Pâques valant chacun 1 franc. Pour produire ces 100 œufs, il lui faut un matériel d'une valeur de 500 francs. Supposons enfin que 10 % de son matériel soit détruit chaque année par usure et que, pour le remplacer, elle achète (chaque année aussi) un nouvel équipement d'une valeur de 50 francs (c'est-à-dire 10 % de la valeur totale du matériel nécessaire). Cette situation d'équilibre peut s'éterniser : l'entreprise vendra chaque année 100 œufs de Pâques et remplacera 10 % de son matériel en achetant un nouveau matériel d'une valeur de 50 francs.

Supposons maintenant que pour une raison quelconque, la demande d'œufs de Pâques augmente de 5 % et que la firme s'estime capable de vendre 105 œufs chaque année. Puisque la production d'un œuf requiert un matériel d'une valeur de 5 francs, la production de ces 5 œufs supplémentaires obligera l'entreprise à installer un nouveau matériel d'une valeur de 25 francs. Donc cette année-là, l'entreprise achètera un matériel de 75 francs, valant 25 francs de plus que celui qu'elle achète habituellement à seule fin de remplacer le matériel usé. En d'autres termes, un accroissement de 5 % de la demande d'œufs a provoqué un accroissement de 50 % de la demande de matériel nécessaire à leur fabrication. Pour augmenter sa production de 50 %, il se peut que l'entreprise, productrice de ce matériel (et à laquelle s'adresse donc la demande de l'entreprise fabriquant des œufs), doive augmenter sa propre capacité de production de 50 % ; suivant le principe d'accélération, ses propres achats de machines, et d'autres équipements, seront donc soudain multipliés par trois ou par quatre. Nous considérons ici le cas extrême où le principe d'accélération joue à plein ; en pratique, une grande partie de la capacité de production des industries de biens de capital est inutilisée au début de la phase ascendante et ces industries peuvent de toute façon, préférer allonger leurs délais de livraison plutôt que d'accroître leur capacité de production en réponse à la forte augmentation de la demande de biens qu'elles fabriquent. Néanmoins, le principe d'accélération nous montre comment des décisions, pourtant prudentes d'accroissement de la production de biens de consommation peuvent provoquer une très grande expansion des industries de biens de production.

Mais l'influence du principe d'accélération ne s'arrête pas là. Responsable de l'expansion excessive des industries de biens de production durant la phase ascendante du cycle, il va pour cette raison même, jouer aussi un rôle primordial lors du retournement du cycle. En effet, au bout d'un certain temps, l'accélérateur va jouer en sens inverse : de même qu'un léger accroissement de la production de biens de consommation peut entraîner une augmentation beaucoup plus grande de la production de biens de capital, de même une légère diminution de la production de biens de consommation peut provoquer une baisse beaucoup plus forte de la production de biens de capital.

Illustrons ceci à l'aide de l'exemple précédent. Nous avons vu qu'un accroissement de 5 % de la production d'œufs de Pâques (de 100 à 105) entraînait une augmentation de 50 % de la production du matériel nécessaire à la fabrication des œufs.

Si une autre année, la production de l'entreprise fabriquant des œufs baisse de 5 % (revient donc à 100), sa demande de matériel tombera (en valeur) de 75 francs à 25 francs. L'entreprise, en effet, possédera un matériel d'une valeur de 525 francs (qui servait à fabriquer 105 œufs) mais n'aura plus besoin que d'un matériel de 500 francs (pour fabriquer 100 œufs). Si l'on continue à supposer qu'une partie du matériel, valant 50 francs, disparaît par usure, il suffira donc à l'entreprise d'acheter un matériel de 25 francs pour être en mesure de produire 100 œufs. Ainsi, une baisse de 5 % de la production de biens de consommation a provoqué une baisse de la production de biens de capital, si forte qu'elle atteint les 2/3 de leur production totale.

Jusqu'ici, pour plus de simplicité, nous avons considéré que l'effet d'accélération se produisant dans les industries de biens de production était le résultat d'une augmentation ou d'une baisse absolues de la production de biens de consommation. En fait, il n'est pas besoin d'un changement aussi brutal pour que l'accélérateur entre en action; il suffit pour cela, d'un léger changement du *taux de variation* de la production de biens de consommation. Sans passer par tous les calculs arithmétiques on peut observer, dans notre exemple, que si la production d'œufs de Pâques avait continué à s'accroître la seconde année, mais de 4 % seulement au lieu de 5 %, les achats de matériel de l'entreprise (en supposant qu'elle alignât sa capacité sur sa production) auraient été *inférieurs* à ceux de l'année précédente. En d'autres termes, un simple ralentissement du taux d'accroissement de la production de biens de consommation peut provoquer une baisse absolue de la production de biens de capital. L'économie approche rapidement le plafond de plein emploi pendant la phase ascendante du cycle; de ce fait, l'insuffisance croissante de main-d'œuvre, entre autres causes, condamne le taux d'accroissement de la production de biens de consommation à se ralentir. Le principe d'accélération indique comment ce ralentissement va provoquer une baisse absolue de la production et de l'emploi dans les industries de biens de production et ainsi, faire basculer l'économie du côté de la phase descendante du cycle.

Voilà, très brièvement, comment les économistes des années 1920 et 1930 pensaient que se déroulait le cycle économique. Même aujourd'hui, la majorité des économistes ne rejettent pas de nombreux éléments de base de ce raisonnement. Il est toutefois nécessaire d'insister sur deux d'entre eux.

En premier lieu, le cycle économique avait beau exister et les économistes arriver à un accord presqu'unanime sur ses causes, il n'en restait pas moins qu'ils considéraient toujours le plein emploi comme la situation naturelle de l'économie. Ils pensaient que le chômage qui se développait pendant la phase descendante du cycle faisait temporairement exception à l'état normal, et qu'en aucune façon, on ne pouvait l'invoquer pour émettre des doutes quant à la justesse des raisonnements de Say et de Ricardo, raisonnements selon lesquels le plein emploi faisait partie de l'ordre naturel des choses, tel que Dieu l'avait déterminé.

En second lieu, il est intéressant de remarquer que la théorie du cycle économique suppose que le déroulement du cycle, à travers ses différentes phases, est *inéluctable*. Comme les industries de biens de production connaissaient pendant la phase ascendante une expansion trop rapide, il était entendu que cette expansion ne pourrait tarder à s'achever et que l'économie basculerait donc assez vite vers la phase de déclin. Certains économistes, il est vrai, voulaient ralentir l'expansion des industries de biens de production dès le début de la phase ascendante; ils préconisaient une augmentation délibérée des taux d'intérêt et des mesures de restriction du crédit bancaire pour faire ainsi obstacle au financement des nouveaux projets d'investissements des industriels. Mais on prit ceci pour une tentative assez chimérique et la majorité adopta une vue curieusement empreinte de fatalisme, et d'une vague satisfaction puritaine à voir ainsi sanctionner les années d'expansion frénétique.

En vérité, certains économistes semblent avoir pris l'économie pour un être humain quelque peu noceur, et s'être représenté le cycle économique comme une sorte d'ivresse dont il fallait inévitablement subir les conséquences. D'où l'utilisation fréquente de mots tels qu' « excès » et « gueule de bois ». La nature humaine étant ce qu'elle est, il ne fallait pas trop espérer échapper aux « gueules de bois » dans l'avenir, en buvant plus lentement ou en arrêtant plus tôt de boire...

L'inéluctabilité du retournement vers le bas du cycle économique trouvait cependant une compensation dans le fait que le retournement vers le haut était, lui aussi, iné-vitable. Pendant la phase descendante, les salaires, les prix, les taux d'intérêt baisseraient, de nouvelles inventions seraient faites et exploitées. L'investissement ne tarderait pas à rede-venir, une fois de plus, rentable, et les conditions seraient remplies pour la reprise. Il était *inconcevable* que l'économie puisse s'enliser dans le creux du cycle tant que rien n'en-traverait le cours naturel des événements. Si, par hasard, il lui était impossible d'en sortir et si donc la reprise n'avait pas lieu, ce ne pouvait être dû qu'à l'introduction de contraintes artificielles qui empêchaient le fonctionnement harmonieux du système.

L'état de la théorie économique dans les années 1920.

Récapitulons maintenant les principales idées dont nous avons suivi l'enchaînement dans ce chapitre et résumons la théorie de l'emploi telle qu'elle se présentait dans les années 1920 et 1930.

D'abord, et surtout, on pensait que le plein emploi faisait partie de l'ordre naturel des choses. La loi de Say était à l'origine de cette supposition. L'offre crée sa propre de-mande : on voulait dire par là, qu'en créant un bien, l'on créait également un pouvoir d'achat suffisant pour en per-mettre l'acquisition ; il ne pouvait donc exister, ni excès global de biens, ni excès de la main-d'œuvre destinée à les fabriquer.

Certes, on avait apporté des restrictions à la loi de Say, puisque dès le début du xixᵉ siècle, l'on avait reconnu que des surplus pouvaient exister dans des *industries bien déter-minées*. Ricardo avait montré qu'une baisse soudaine de la demande des produits d'une industrie donnée, pourrait être provoquée par un changement de mode, par exemple, et donc faire apparaître, au sein de cette industrie, du chômage et des capacités inutilisées. Mais par définition, ce changement de mode aurait pour résultat d'accroître la demande de produits d'une autre industrie. Le transfert du capital et du travail de la première industrie à la seconde, résorberait donc le chômage créé initialement dans la première industrie.

C'est à l'apparition du cycle économique au XIXᵉ siècle et aux tentatives faites pour l'expliquer, qu'on doit les restrictions apportées ultérieurement à la loi de Say. Jusque-là, le chômage apparaissait dans un ou deux secteurs puis était résorbé par l'expansion d'autres industries. Désormais, on voyait le chômage atteindre périodiquement et simultanément un grand nombre d'industries, et plus particulièrement les industries de biens de production. Aussi, après avoir dû reconnaître, (comme l'avait fait Ricardo), qu'à n'importe quel moment, une ou deux industries pourraient souffrir du chômage, on dut aussi admettre (ce que Ricardo se refusait à faire) que de temps en temps, l'économie tout entière souffrirait du chômage

On n'en continua pas moins à tenir la loi de Say pour un principe valable. Le chômage périodique résultait du déséquilibre de la structure de production qu'avait provoqué une expansion excessive des industries de biens de capital pendant la phase ascendante. Après cette expansion trop rapide un déclin de l'activité économique était inévitable.

Beaucoup d'économistes pensaient donc que la seule attitude possible était de ne pas intervenir et de laisser les événements suivre leur cours : le stock excessif de machines et de biens d'équipement qui existait au sommet de l'expansion s'usait et se rouillait sans être utilisé; la baisse de l'emploi faisait baisser le niveau des salaires et des prix; la baisse de la demande de fonds prêtables et leur offre croissante faisaient baisser les taux d'intérêt; le temps passait et de nouveaux produits, de nouveaux modes de production étaient découverts; ainsi, se créaient progressivement les conditions nécessaires à la reprise.

D'autres économistes préféraient adopter une attitude moins passive; ils étaient conscients de la possibilité d'accélérer la phase descendante du cycle, par exemple en prenant délibérément des mesures destinées à réduire les taux d'intérêt au lieu de se contenter d'attendre qu'ils baissent d'eux-mêmes.

Mais tous s'accordaient finalement sur les conditions de la reprise : certaines évolutions devaient nécessairement se produire dans l'économie avant que la phase ascendante puisse se mettre en route et que le plein emploi puisse être rétabli.

Le plein emploi était l'état normal des choses de ce monde. De temps en temps, un chômage très important pouvait se manifester et on devait le supporter puisqu'il était impossible d'y porter remède. Mais c'était un phénomène temporaire qui disparaissait toujours de lui-même au bout d'un an ou deux.

Voilà qui était bel et bon. Mais si, une fois la phase descendante terminée, l'économie ne connaissait pas de reprise, si elle ne pouvait décoller du creux du cycle et si elle subissait un fort chômage persistant d'une année sur l'autre, comment pouvait-on expliquer cette situation? La réponse parut évidente à la majorité des économistes des années 1920 et du début des années 1930. Normalement, des ajustements intervenaient pendant la phase descendante du cycle; si la reprise ne pouvait survenir, c'est que quelque chose les gênait. Il existait deux sortes d'ajustements. D'un côté, les réductions de coût : les salaires, les taux d'intérêt, les prix des biens d'équipement étaient tous censés baisser; de cette façon, au bout d'un moment, il devenait meilleur marché (et donc plus profitable) de louer de la main-d'œuvre, d'emprunter de l'argent et d'acheter des biens d'équipement. L'autre ensemble d'ajustements consistait en l'apparition de nouveaux produits ou de nouvelles techniques de production qu'il était rentable d'exploiter. Donc, si l'économie refusait de se remettre en marche et s'il persistait un chômage important, c'était forcément dû à l'une des deux raisons suivantes : soit qu'un des éléments de coût n'eût pas baissé comme il l'aurait dû, soit qu'aucun nouveau produit, qu'aucune nouvelle technique de production ne semblât suffisamment rentable pour être exploités. Le problème était d'identifier le facteur responsable, puis de prendre les mesures adéquates.

Selon les économistes de l'époque, la loi des rendements

décroissants et la théorie de la productivité marginale permettaient de découvrir les causes de ces désajustements avec une certitude aussi absolue que peut l'être l'identification d'un coupable grâce à ses empreintes digitales. A eux deux, ces éléments de la théorie économique montraient qu'un facteur de production serait d'autant plus faiblement rémunéré qu'on l'emploierait en plus grande quantité. Donc, pour que toute la quantité disponible d'un facteur de production soit employée, il fallait payer chacune de ses unités, moins cher que si l'on devait en employer seulement 90 %. Pour être plus précis, s'il devait y avoir plein emploi de la population active, le salaire moyen devait être inférieur à ce qu'il serait si seulement 90 % de la main-d'œuvre étaient employés (c'est-à-dire si le taux de chômage était de 10 %). Par conséquent, si le taux de chômage atteignait 10 % de façon permanente, les salaires moyens étaient certainement trop élevés. La seule manière de rétablir le plein emploi était de les réduire.

Cette explication pouvait-elle s'appliquer au chômage persistant des années 1920 et au refus de l'économie de sortir du creux de la vague cyclique? Est-ce qu'à l'origine, les salaires n'avaient pas été portés à un niveau trop élevé? Où bien, y avait-il une raison précise qui les empêchait de s'abaisser, comme ils l'avaient toujours fait lors des phases de déclin précédentes?

Répondre à ces deux questions ne soulevait, à l'époque, aucune difficulté théorique. A la première, on répondait que l'énorme demande de main-d'œuvre, pendant et aussitôt après la première guerre mondiale avait entraîné une très forte hausse des salaires : de 1913 à 1920, en sept ans donc, le taux des salaires avait presque triplé. On avait déjà connu, bien sûr, de très fortes hausses de salaires, dans le passé, mais jamais aussi considérables.

Quant à la seconde question, la réponse était tout aussi évidente. Pendant la guerre, la dimension et le pouvoir des syndicats s'étaient sensiblement accrus; tandis que les taux de salaires passaient du simple au triple, le nombre des syndiqués affiliés au Trade Union Congress [1] avait augmenté à

---

1. « Congrès des syndicats » : C'est le nom de la grande centrale syndicale britannique.

peu près dans la même proportion. Au début des années 1930, des millions de travailleurs qui, vingt ou trente ans auparavant auraient dû négocier avec leurs employeurs, individuellement ou par petits groupes isolés, avaient maintenant des porte-parole importants et puissants : les syndicats.

Pour les économistes des années 1920, le problème était dès lors résolu. Si une partie de la population active disponible ne pouvait trouver d'emploi, c'est parce que les salaires étaient trop élevés. Le plein emploi ne pourrait être restauré que si les salaires baissaient. Pendant le xixᵉ siècle et au début du xxᵉ siècle, cette baisse des salaires serait intervenue automatiquement au cours de la phase de déclin du cycle économique, et elle aurait vite permis à la reprise de se manifester. Maintenant, les syndicats étaient assez puissants pour empêcher les salaires de baisser. Tant qu'ils ne comprendraient pas (tant qu'on ne les forcerait pas à comprendre) l'absurdité de leur comportement un fort chômage persisterait.

Voilà comment raisonnaient la plupart des économistes des années 1920 et du début des années 1930. Voyons maintenant brièvement comment se déroula, en fait, cette période, à la lumière des théories de ces économistes et des conseils qu'ils prodiguèrent.

3. Le chômage entre les deux guerres

De 1918 à 1920, l'économie britannique connut une vague de prospérité. La demande différée des biens de consommation que les consommateurs n'avaient pu se procurer pendant la guerre, les fortes dépenses d'investissement destinées à remplacer l'équipement en capital des usines et le capital immobilier, soutinrent cette expansion. Bien que ce boom fût de plus courte durée que la plupart de ceux qu'on avait connus jusque-là, il se caractérisa par une énorme poussée de l'investissement, restant par là dans la tradition du cycle économique classique. Mais, avant la fin de 1920, la phase descendante habituelle commença : la production, l'emploi, les salaires et les prix se mirent tous à baisser. Comme d'habitude, au bout de deux ans ou à peu près le déclin se ralentit et l'on commença à attendre la reprise qui aurait dû, comme à l'accoutumée, se manifester. Mais la reprise ne vint jamais. Les années passèrent, et le nombre des chômeurs ne descendit jamais au-dessous d'un million et dépassa souvent deux millions. Il fallut attendre presqu'une génération – jusqu'en 1940 – pour que le taux de chômage tombe vraiment en-dessous de 10 %.

Les prix à l'exportation.

Un examen de la situation au début des années 1920, montre clairement que le secteur des industries d'exportation était à l'origine d'une grande partie des difficultés que connaissait l'économie britannique. Ce furent, en effet, les industries d'exportations traditionnelles – charbon, coton, constructions navales – qui souffrirent le plus de la guerre et de ses conséquences. Pendant la guerre, la Grande-Bretagne perdit un grand nombre de ses marchés d'outre-mer; d'autres pays se les approprièrent; une fois la guerre terminée, les tentatives que fit la Grande-Bretagne pour récupérer ses anciens marchés, se heurtèrent à un grave obstacle : ses prix à l'exportation étaient désormais trop élevés. Pendant la guerre et l'immédiat après-guerre, les salaires et les profits avaient presque triplé, et le niveau général des prix avait augmenté à un rythme à peu près semblable. Dans les autres pays, une hausse des salaires et des prix s'était également produite, mais elle était moindre qu'en Grande-Bretagne.

De ce fait, les exportations britanniques n'atteignirent, en 1920 que les deux-tiers de leur volume de 1913; les niveaux de la production et de l'emploi ressentirent les effets de cette baisse.

Si les exportations sont trop chères, deux formes d'actions sont possibles. On peut réduire les salaires, les profits et autres coûts, de telle façon, par exemple, que le coût de fabrication d'une paire de chaussures, qui était d'une livre précédemment, ne soit plus que de 15 shillings. Ou bien, l'on peut diminuer le taux de change entre la livre sterling et les autres monnaies, de telle sorte qu'une livre égale 4 dollars par exemple au lieu de 5 dollars précédemment; ainsi une paire de chaussures fabriquée en Grande-Bretagne, dont le coût de fabrication est de 1 livre, se vendra en Amérique 4 dollars au lieu de 5. Une grande partie des difficultés économiques de la Grande-Bretagne dans les années 1920, vinrent de ce que les gouvernements qui se succédèrent au pouvoir, préférèrent la première des solutions à la seconde.

Nous avons déjà rencontré l'une des raisons de ce choix. L'expérience que les économistes avaient du cycle économique, les avait convaincus que les salaires et autres coûts devaient baisser pendant la phase de déclin et que cette baisse était la condition préalable à toute reprise. Cette conviction fut renforcée, sur le plan de la théorie, par la doctrine de la productivité marginale qui dit, que si des travailleurs étaient en chômage, on ne pourrait les réemployer qu'à la condition d'abaisser le niveau des salaires moyens. Ainsi, la morale découlant de la théorie, mais aussi de l'expérience réelle, fut-elle sans ambiguïté : pour rétablir le plein emploi dans les industries d'exportation britannique, il fallait réduire les salaires.

L'autre raison du choix effectué par les gouvernements en Grande-Bretagne fut plus subtile, moins précise et plus difficile à cerner. Pour l'expliquer nous devons un peu parler de l'étalon-or.

L'étalon-or.

Pendant le XIXe siècle, être en régime d'étalon-or signifiait pour un pays, que l'or était le fondement de son papier-monnaie ; en d'autres termes, une unité de son papier-monnaie (un billet) pouvait être librement échangée contre un montant d'or déterminé. Avant la première guerre mondiale, la Grande-Bretagne vécut sous le régime d'étalon-or : on pouvait présenter à la Banque d'Angleterre un billet de banque d'une livre et l'on recevait en échange une certaine quantité d'or (sous la forme d'un souverain qui est en fait une pièce d'or de 20 shillings). Bien entendu, si deux pays quelconques vivaient en régime d'étalon-or, il existait un taux de change fixe entre leurs deux monnaies respectives : en 1913, la même quantité d'or valait une livre à Londres et à peu près 4,85 dollars à New York.

En régime d'étalon-or, un pays se doit de garantir que la quantité de monnaie existante (sous forme de billets de banque et de dépôts à vue dans les banques) reste en relation à peu près constante avec la quantité d'or détenue par la Banque centrale. Si la quantité d'or est trop faible par rapport à la quantité totale de monnaie dans l'économie, on court le risque que la Banque centrale ne soit pas en mesure de vendre de l'or à tous ceux qui se présenteront à elle, pour échanger leurs billets contre de l'or. D'un autre côté, s'il existe une trop forte quantité d'or par rapport à la quantité totale de monnaie, la Banque centrale laissera passer une occasion de réaliser des profits ; (dans ce cas, en effet, elle se contente de couver son stock d'or au lieu de l'utiliser pour accorder des prêts qui, eux, lui rapporteraient un intérêt). La Banque centrale manipulera donc la quantité totale de monnaie de l'économie de façon à la maintenir dans une proportion à peu près constante avec la quantité d'or qu'elle détient dans ses caisses. Cette proportionnalité entre le stock d'or et la masse monétaire est maintenue à l'aide de ce qu'on appelle les « opérations d'« open market ».

L'aspect le plus important du système de l'étalon-or tenait au fait que les pays qui l'avaient adopté, réglaient leurs dettes internationales en or. Si la Grande-Bretagne importait plus d'Amérique qu'elle n'y exportait, sa balance commerciale était déficitaire, et elle soldait ce déficit en or. Cette façon de régler ses dettes avait un double effet. Si la Banque d'Angleterre perdait de l'or, elle diminuait donc la quantité de monnaie existante dans le pays (en fonction du rapport constant établi entre les deux quantités). A la suite de la baisse des salaires et des prix qui en résultait, les exportations de la Grande-Bretagne vers l'Amérique devenaient moins chères et augmentaient. Dans le même temps, les banques fédérales de réserve en Amérique, gagnaient de l'or, développaient donc leurs crédits, ce qui provoquait finalement une hausse des salaires et des prix. Les exportations américaines devenaient plus coûteuses et donc, diminuaient. Par ce mécanisme, le déficit commercial de la Grande-Bretagne avec les États-Unis disparaissait.

L'étalon-or fournissait, au moins en théorie, un mécanisme séduisant, s'équilibrant de lui-même, et grâce auquel les déséquilibres des échanges commerciaux internationaux, devaient s'éliminer automatiquement. Des recherches historiques récentes ont révélé que le système d'étalon-or ne fonctionna jamais tout à fait comme dans la réalité. Il est vrai que durant tout le XIXᵉ siècle, les déséquilibres des balances des paiements s'éliminèrent assez rapidement et sans difficultés. Mais la raison principale n'en fut pas le fonctionnement de l'étalon-or; car en règle générale, les banques centrales ne maintinrent pas la relation stricte entre la quantité d'or et la quantité de monnaie, qu'elles auraient dû respecter, si elles avaient agi conformément à la théorie; les prix non plus, ne varièrent pas aussi étroitement que l'impliquait la théorie, en fonction de la quantité de monnaie. Si les balances des paiements s'équilibrèrent sans difficultés, c'est que d'autres facteurs jouèrent dans ce sens : en particulier, l'évolution du taux d'intérêt influença heureusement les mouvements de capitaux à court terme.

Mais ces distinctions plus subtiles échappaient aux économistes et aux hommes politiques des années 1920. Ils étaient persuadés que, tout au long du XIXᵉ siècle, l'étalon-or avait joué son rôle et que le mécanisme des paiements internationaux avait harmonieusement fonctionné. Si l'on voulait qu'il fonctionne de même, il fallait rétablir le système de l'étalon-or.

Retour à la parité d'avant-guerre.

La Grande-Bretagne avait formellement abandonné l'étalon-or en 1919, mais c'était là une mesure provisoire, qui devait laisser au pays le temps de revenir à un état normal après les bouleversements de la guerre. Il était généralement admis que le pays ne saurait tarder à revenir au régime d'étalon-or : sans sa remise en vigueur, l'anarchie régnerait au sein de la vie économique internationale et l'on ne pourrait pas se garantir contre une expansion illimitée des disponibilités monétaires, synonyme d'inflation incontrôlable (éventualité qui se concrétisa plus tard avec toute sa force sous la forme de l'hyper-inflation allemande de 1922-1923). En outre, et ce fut sans doute la considération principale, le retour à l'étalon-or permettrait au sterling de conserver sa place au premier rang des devises internationales et à la Cité de Londres de rétablir la position privilégiée et lucrative qu'elle occupait, avant 1913, comme capitale du système financier mondial.

Ces derniers motifs furent probablement décisifs et amenèrent la Grande-Bretagne à revenir, non seulement au régime d'étalon-or, mais aussi à la parité d'avant-guerre. Car revenir à une parité plus faible, aurait signifié que les étrangers détenteurs de sterlings ou d'actifs en Grande-Bretagne, eussent vu la valeur de leurs portefeuilles se réduire en termes d'or ou de dollars. Tout le monde à la Cité (et même la plupart des économistes et des hommes politiques) estimait que cette baisse de la parité équivaudrait à une rupture de ses engagements par la Grande-Bretagne et rendrait impossible le rétablissement du sterling et de la Cité de Londres dans leur position privilégiée antérieure [1].

Depuis 1919, le taux de change entre le sterling et le dollar s'était maintenu à un niveau bien inférieur à celui d'avant-guerre. Pour revenir à la parité antérieure, il parut évident que les salaires et les prix, en Grande-Bretagne, devraient descendre sensiblement au-dessous des hauts niveaux qu'ils avaient atteints après la guerre, du fait de l'inflation. S'efforcer de réaliser cette baisse devint l'une des principales préoccupations de la politique économique. Cette politique finit par faire éclater une grève générale.

La récession sévère qui commença à la fin de 1920, s'accompagna, comme la théorie et la pratique le laissaient attendre, de fortes réductions de salaires et de prix : ils s'abaissèrent de près d'un tiers pendant les trois années suivantes. Cette évolution laissa présager un retour sans problèmes au régime d'étalon-or, avec la parité d'avant-guerre, et le gouvernement adopta finalement cette mesure, en avril 1925. Malgré la baisse importante des salaires et des prix, les exportations britanniques n'étaient pas encore pleinement capables de supporter la concurrence au taux de change d'avant-guerre; l'on devrait donc encore abaisser le niveau des salaires. Presque tout le monde pensa que cette baisse interviendrait automatiquement et sans difficultés. C'est Keynes qui s'opposa le plus vigoureusement à ce point de vue. Il fit remarquer que la baisse des salaires avait pris fin en 1923, et estima que, seule, une politique déflationniste délibérée du gouvernement pourrait encore forcer les salaires à baisser. Le taux de chômage atteignait déjà plus de 10 %; il pensa que le retour au régime d'étalon-or et à la parité d'avant-guerre devait se payer trop durement (d'un fort chômage en particulier) pour en valoir le prix. Aussi s'opposa-t-il à cette décision. Mais il prêcha dans le désert. En majorité, les économistes, les hommes politiques, les hommes d'affaires étaient persuadés que la baisse des salaires, condition nécessaire au retour à la situation d'avant la guerre, pourrait se réaliser très aisément.

1. Une opinion tout à fait typique de ce point de vue fut exprimée par Montagu Norman, gouverneur de la Banque d'Angleterre : « Je pense que les inconvénients que présente le retour à la parité d'avant-guerre en regard de la situation intérieure du pays sont relativement faibles, comparés aux avantages qu'il présente pour la situation extérieure. »

Les propriétaires de mines n'étaient pas les moins déterminés à ce que la baisse des salaires ait lieu. Devant faire face à des difficultés croissantes dans le domaine de leurs exportations (difficultés dont la cause était le rétablissement du taux de change d'avant-guerre, moins avantageux que celui qui avait prévalu pendant les hostilités) ils décidèrent qu'une baisse des salaires était nécessaire et proposèrent des réductions de 10 à 25 %. Les mineurs s'y opposèrent et, dans un réflexe d'auto-défense, firent revivre la Triple Alliance [1].

En accordant à l'industrie des mines une subvention jusqu'au 1er mai 1926, le gouvernement ajourna le conflit; cette subvention eut pour effet de réduire les coûts sans pour autant réduire les salaires des mineurs. En même temps, le gouvernement créa une Commission royale pour examiner le problème de l'industrie des mines. En mars 1926, la Commission fit son rapport : on y trouva, entre autres choses, que la subvention devait être supprimée au jour convenu, et n'être plus jamais renouvelée. Le gouvernement accepta cette recommandation et à la fin d'avril, de nombreux propriétaires de mines annoncèrent des baisses de salaires. Cette décision provoqua immédiatement la grève générale.

La grève échoua : les mineurs finirent par reprendre le travail malgré une baisse assez forte de leurs salaires. Mais elle fournit à la Grande-Bretagne l'occasion de goûter à un climat de discorde et à un chaos que personne n'aima beaucoup; une fois la grève terminée, les syndicats et le gouvernement conservateur agirent l'un envers l'autre avec une grande circonspection. On n'essaya guère d'obtenir des baisses de salaires par la contrainte dans d'autres industries, et pendant le restant de la décennie, les taux de salaires se maintinrent à peu près à leur niveau de 1925.

De ce fait, les exportations britanniques ne purent devenir compétitives, et le chômage dans les industries exportatrices (ainsi que dans d'autres secteurs), resta à un niveau élevé. Les difficultés à l'exportation s'aggravèrent même quand d'autres pays, comme la France, revinrent aussi au régime d'étalon-or, mais adoptèrent une parité beaucoup plus basse

---

1. Alliance syndicale, formée avant la guerre, entre les mineurs, les cheminots et les ouvriers des transports.

que celle d'avant-guerre [1]. La balance commerciale resta
donc largement défavorable.

Cependant, l'ensemble de la balance des paiements s'équi-
libra raisonnablement. Le déficit commercial fut compensé
par les recettes « invisibles » : celles-ci découlaient des profits
réalisés sur les investissements britanniques outre-mer et
rapatriés en Grande-Bretagne et des services d'assurance,
de banque et de fret fournis par l'intermédiaire de la Cité
de Londres.

Seulement, la manière dont furent financés les investissements à long terme outre-mer, que la Grande-Bretagne
continua à faire pendant toute cette période, fut bien moins
satisfaisante : leur financement fut réalisé grâce à des
emprunts à court terme effectués à l'étranger. Et cette façon
de procéder posa plus tard des problèmes, comme nous
le verrons.

Selon les enseignements de la théorie économique en
honneur à cette époque, une même cause expliquait la non-
compétitivité des exportations et la persistance du chômage :
c'était le niveau excessif des salaires et des prix. Aussi,
les économistes ne cessèrent-ils de maudire l'inflexibilité des
salaires et des prix ; d'après eux, celle-ci résultait de la puissance des syndicats d'une part, des pratiques restrictives
en vigueur dans l'industrie d'autre part ; et ils persistèrent
à déclarer que le plein emploi ne pourrait être restauré qu'à
la condition que cette inflexibilité puisse être surmontée,
ce qui permettrait aux salaires et aux prix de baisser.

Le krach de Wall Street.

Pendant les années 1920, le problème du chômage concerna
essentiellement la Grande-Bretagne. La plupart des autres
pays furent en expansion. Mais en 1929, survint le krach
de Wall Street et la Grande Dépression commença. Le chômage devint la règle dans tous les pays.

De 1922 à 1929, il sembla que les États-Unis, non contents

---

1. La France prit une mesure habile. Elle choisit sa nouvelle parité de
telle façon qu'elle permît à ses exportations d'être compétitives, sans pour
cela obliger à réduire les taux de salaires.

de s'être remis des conséquences de la guerre, avaient de plus trouvé le secret d'une expansion économique permanente. Le chômage était très faible; l'emploi, la production, les salaires et les profits augmentaient régulièrement d'année en année; d'autre part, les prix restaient à peu près stables. Ceci convainquit économistes et hommes politiques que l'économie ne ressentait pas seulement les effets de la phase d'expansion habituelle du cycle économique mais qu'elle avait trouvé une certaine stabilité plus durable. (En réalité, de nombreux prix augmentèrent pendant cette période, mais leur augmentation n'apparut pas, du fait d'une baisse régulière des prix agricoles provenant de la hausse très rapide de la productivité dans l'agriculture.)

La conviction que l'emploi, les salaires et les profits (particulièrement les profits) ne seraient pas touchés par la phase de déclin habituelle, mais continueraient à augmenter à perpétuité, engendra un climat général d'optimisme qui provoqua bien des illusions. Nombreux furent ceux qui estimèrent que si les profits ne devaient plus jamais cesser d'augmenter, ils feraient mieux d'acquérir une partie des actions qui procuraient à leurs détenteurs une part de profits. Même si le prix des actions semblait très élevé, même s'il fallait emprunter de l'argent pour les acheter, la seule façon de s'enrichir était d'en acheter autant que possible. En conséquence, les prix des actions s'accrurent très rapidement, pendant les quelques années précédant octobre 1929; ils atteignirent des niveaux déraisonnables, qu'aucune hausse imaginable des profits ne pouvait justifier. « Le niveau actuel du prix des actions, commenta un observateur en 1929, n'anticipe pas seulement sur le futur mais aussi sur l'au-delà.» Tôt ou tard, le marché devait s'effondrer.

Le krach survint effectivement en octobre 1929. Une vague de ventes déferla sur la Bourse de New York; or, quand un tel désir de vendre se manifeste, juste au moment où les cours des actions sont excessifs, le mouvement ne peut que s'amplifier. Ceux qui ont acheté des actions à l'aide d'emprunts s'empressent de vendre avant que la baisse des cours ne fasse diminuer la valeur de leurs actifs en dessous de la valeur des remboursements d'emprunts qu'ils doivent effectuer. Plus ils vendent d'actions, plus les cours baissent et, plus cette baisse s'accentue, plus ils désirent vendre. En l'espace d'un mois, les actions industrielles échangées à la Bourse de New York perdirent plus d'un tiers de leur valeur. Les cours continuèrent à baisser pendant plus de deux ans et demi. Vers le milieu de l'année 1932, l'action industrielle valait en moyenne moins d'un sixième de ce qu'elle avait valu en octobre 1929.

La Grande Dépression.

Le krach de Wall Street a inauguré la dépression. Il n'en fut pas cependant la véritable cause. Les facteurs qui soustendirent la crise puis l'effondrement en Bourse, furent essentiellement les mêmes que ceux qui avaient toujours été à l'origine des phases ascendante et descendante du cycle économique. A la fin des années 1920, l'investissement s'accrut rapidement aux États-Unis, non seulement dans l'industrie productive mais aussi sous la forme de construction résidentielle. La production de biens de capital s'éleva de près de 25 % entre 1927 et 1929, et le grand boom de la construction résidentielle qui avait débuté en 1921, continua à progresser favorablement. Ce boom de l'investissement cessa brusquement au milieu de 1929 – plusieurs mois avant que ne s'effondre la Bourse. La production industrielle se mit à baisser, le chômage à croître. Comme d'habitude, les industries de biens de production furent les plus touchées. De 1929 à 1932 leur production diminua de 75 %. La baisse de la production de biens de consommation, quoique moins rapide, fut cependant assez forte et le résultat net fut le suivant : en 1932, la production industrielle fut moitié moins importante que trois ans auparavant. En raison des baisses de production dans d'autres secteurs de l'économie, le revenu national n'égala plus vers 1932, que les 2/3 de son montant de 1929. Cette baisse de la production s'accompagna d'une baisse brutale de l'emploi. Le nombre de chômeurs passe d'environ 1,5 million en 1929 à plus de 12 millions en 1932.

Cette énorme réduction de l'activité économique aux États-Unis eut des répercussions dans le monde entier. Nous

LE REVENU NATIONAL

Le revenu national est une mesure de la valeur de toutes les marchandises et de tous les services que produit un pays. On peut le considérer de trois façons différentes :
– comme la somme de **l'ensemble des revenus** distribués dans le pays,
– comme la somme de toutes **les dépenses** effectuées dans le pays,
– et enfin comme la somme de toutes **les productions** effectuées dans le pays.

Ces trois flux de monnaie sont égaux entre eux.

En toute première approximation, on peut dire que ces trois flux de monnaie sont égaux entre eux. Mais, en réalité, certaines des complications de l'économie réelle faussent cette égalité. Ainsi, une partie de la production est stockée ou exportée et n'entre donc pas dans la dépense nationale; en revanche, une partie de la dépense nationale se porte vers des biens importés d'autres pays ou antérieurement stockés.

Pour tenir compte de ces complications – et de bien d'autres – les comptables nationaux ont été amenés à définir toute une série de concepts très précis : production intérieure brute, produit intérieur brut, produit national brut, revenu national, etc.

Ici, nous nous en tiendrons à une notion délibérément simplifiée – sauf à signaler le cas échéant les compléments qu'elle appelle. Nous appellerons *revenu national*, cette grandeur qui, en première approximation, représente à la fois la somme des revenus, des dépenses ou des productions.

examinerons avec plus d'attention certaines des raisons qui furent à l'origine des contrecoups de la crise américaine sur les autres pays, dans le chapitre 6 – entre autres, la baisse des importations américaines et la chute catastrophique des prix des produits de base. Nous concentrons ici notre étude sur une raison bien précise – et fort importante – pour laquelle la dépression s'étendit à tous les pays avec une vitesse et une intensité dévastatrices : la structure instable de la dette internationale qui s'était développée pendant les années 1920.

L'Amérique avait investi d'importants capitaux à l'étranger pendant cette décennie, particulièrement en Allemagne. (Le paiement des réparations allemandes à la France, à la Grande-Bretagne et à de nombreux autres pays en engloutit une bonne part.) On avait réduit le montant énorme des paiements de réparations, fixé à la fin de la guerre, (et qui avait d'ailleurs été amèrement critiqué par Keynes), mais malgré cette diminution de son fardeau, l'Allemagne s'était révélée incapable d'accroître ses exportations et de réduire ses importations dans une proportion suffisante pour financer, à partir des fonds provenant d'un surplus éventuel de sa balance commerciale, le montant, même réduit, des paiements de réparations.

En réalité, voilà ce qui se passa : l'argent provenant des États-Unis se répandit en Allemagne ; une partie de cet argent passa d'Allemagne en France, (et dans une moindre mesure en Grande-Bretagne) ; une fraction des fonds qui vinrent en France retournèrent en Amérique en remboursement des dettes françaises. En 1928, les sorties de capitaux américains vers l'Allemagne diminuèrent fortement, parce que les Américains estimèrent qu'il était désormais beaucoup plus rentable d'investir dans leur propre Bourse des valeurs, alors en pleine expansion. Après le krach de 1929, cette baisse s'accentua encore et l'industrie allemande se retrouva sans les fonds nécessaires ; l'investissement tomba et l'activité économique tout entière commença à se réduire. De plus, l'Allemagne réalisa à ce moment qu'elle ne pouvait plus faire face aux paiements des réparations qu'elle devait régler à la France, à la Grande-Bretagne et à d'autres pays. Il s'ensuivit une bousculade pour obtenir des liquidités qui provoqua sur le plan international une panique comparable à celle que le krach boursier de New York avait entraînée aux États-Unis. Quand des gens se mettent à manquer à leurs engagements, tous les créanciers se mettent à réclamer leur argent avant que leurs débiteurs ne fassent faillite. Ce processus entraîne encore plus de défauts de paiements et aggrave le cercle vicieux.

Chaque pays se mit à rapatrier les fonds qu'il avait prêtés aux autres. L'or étant le moyen universellement accepté pour le règlement des dettes internationales les particuliers se précipitèrent alors vers les banques centrales de Grande-Bretagne, de France et d'Allemagne, brandissant leurs reconnaissances de dette [1] et réclamant de l'or en échange. La Grande-Bretagne, en particulier, souffrit durement de cette panique. Ses réserves d'or étaient assez basses, car son retour au régime d'étalon-or, à la parité d'avant-guerre, en 1925, avait rendu ses exportations trop chères et ses importations trop bon marché ; de ce fait, sa balance commerciale était largement déficitaire ; malgré les recettes invisibles provenant des services qui, ainsi que nous l'avons vu, transformaient le déficit commercial en un surplus des transactions courantes, ce surplus était insuffisant pour compenser les fortes sorties de capitaux destinées à la réalisation d'investissements outre-mer. Ce type d'investissement ne convenait plus du tout à la nouvelle situation économique de la Grande-Bretagne, beaucoup plus vulnérable qu'avant la guerre, mais on continua cependant à en réaliser.

Puisqu'il était impossible de financer ces investissements par un surplus provenant des opérations courantes, on dut emprunter à court terme à l'étranger pour les financer, et ceci rendit la situation de l'économie britannique encore plus vulnérable qu'avant. De par leur nature propre, les investissements à long terme réalisés par la Grande-Bretagne outre-mer (usines en Australie ou plantations de thé à Ceylan) ne pouvaient en effet être liquidés rapidement, alors que les fonds empruntés pour les financer, qui étaient représentés par des bons du Trésor à 3 mois, ou même par des comptes de dépôts ordinaires dans les banques, pouvaient être réclamés, en principe, du jour au lendemain.

Ainsi de nombreux facteurs aggravèrent la situation : la baisse des exportations britanniques après 1929, la chute rapide des recettes invisibles qui suivit l'effondrement du commerce international, la diminution des profits procurés par les investissements outre-mer qui résulta de l'effondrement de la production dans tous les pays, les uns après les autres. Des flots d'or sortirent de Grande-Bretagne et le chômage s'accrut.

---

1. En régime d'étalon-or, un billet de banque équivaut à une reconnaissance de dette de la Banque centrale envers son porteur.

Comme si les choses n'allaient pas encore assez mal, la hausse du chômage fut elle-même à l'origine d'une nouvelle crise. Avec l'accroissement du nombre de chômeurs, de 10 % en 1929 à 16 % en 1930 et 21 % en 1931, les paiements d'assurance chômage du Fonds national d'assurance s'élevèrent et les cotisations diminuèrent. Il en résulta que vers 1931, le Fonds se trouva lourdement endetté envers le Trésor. De ce côté, de nouveaux problèmes allaient surgir.

Un budget équilibré.

Depuis qu'au XIXᵉ siècle, le gouvernement était devenu un important organe dépensier, le principe selon lequel il devait absolument couvrir ses dépenses par ses recettes, avait été le pivot de l'orthodoxie économique et financière – et même du bon sens commun. Des entorses à ce principe furent parfois permises en temps de guerre; si le gouvernement ne pouvait se procurer suffisamment d'argent par le moyen des impôts, afin de financer la guerre, on lui reconnaissait le droit d'emprunter les fonds qui lui manquaient. Mais dès que la paix s'accompagnait d'un retour à la normale, il était tenu pour évident que le budget devait être équilibré. Après tout, il est important qu'un particulier maintienne ses dépenses dans la limite de ses revenus; il était, bien sûr, infiniment plus important qu'un gouvernement équilibre ses comptes – particulièrement celui d'un pays tel que la Grande-Bretagne, où des quantités considérables d'argent étranger étaient investies et où plus de la moitié des espèces monétaires servant à financer les échanges commerciaux mondiaux était déposée.

Durant la première guerre mondiale, les dépenses publiques avaient inévitablement augmenté dans une énorme proportion. Les impôts s'étaient accrus également, mais pas tout à fait assez pour combler l'écart entre les dépenses et les recettes; des fonds d'emprunts financèrent la différence. Après la guerre, les dépenses du gouvernement tombèrent rapidement, mais elles ne descendirent pas tout à fait jusqu'au niveau des dépenses d'avant-guerre (même si l'on tient compte de la variation du niveau des prix). Cette augmentation des dépenses publiques par rapport à l'avant-guerre, s'expliqua en partie par les conséquences de la guerre elle-même : le gouvernement dut payer les pensions des invalides et des veuves de guerre, ainsi que les intérêts des emprunts effectués pour financer la guerre, elle s'expliqua d'autre part, par l'obligation de respecter les engagements pris par le gouvernement pendant et après la guerre : il fallut construire des « maisons pour les héros » ou relever le taux des allocations de chômage.

Il aurait fallu un montant élevé d'impôts pour compenser ce haut niveau des dépenses publiques. Des recettes fiscales justes égales aux dépenses ne pouvaient suffire ; il fallait qu'elles leur soient supérieures, car le gouvernement, fidèle à la théorie orthodoxe, estimait qu'il ne suffisait pas de payer les intérêts des fonds empruntés pendant la guerre, mais qu'il fallait aussi commencer à rembourser le principal de la dette. En d'autres termes, il devait chaque année, réaliser un surplus budgétaire grâce auquel il pourrait rembourser une petite fraction de la dette nationale. Jusque vers 1925, ce vœu fut réalisé. Mais les impôts à lever pour qu'il y ait surplus budgétaire, furent amèrement critiqués, en particulier par les hommes d'affaires, qui déclarèrent que cette lourde charge fiscale étouffait toute audace et portait donc la responsabilité de la stagnation économique et du chômage. Ces arguments impressionnèrent le gouvernement qui réduisit les impôts. Puisqu'une baisse des recettes fiscales avait eu lieu, il parut évident à tout le monde que les dépenses publiques devaient baisser en proportion. Mais (ainsi que d'innombrables hommes politiques en ont fait l'expérience, avant et depuis cette époque) c'était plus facile à dire qu'à faire. Les dépenses du gouvernement furent bien réduites, mais dans une moindre proportion que ses recettes. Les surplus budgétaires réalisés dans la première moitié des années 1920, firent place à de légers déficits dans la seconde moitié. Ces déficits furent accueillis avec force pincements de lèvres et hochements de tête, mais il sembla impossible, soit d'augmenter les impôts, soit de réduire les dépenses, et l'on ne fit pas grand chose.

Néanmoins, quand on s'aperçut en 1930, que le déficit du Trésor s'accroissait rapidement, de grandes inquiétudes commencèrent à s'exprimer à l'intérieur du pays et à l'étranger. Un mémorandum du Trésor, présenté à la Commission royale sur l'assurance-chômage en janvier 1931 disait ceci : « Si les emprunts publics se perpétuent au niveau actuel, qui est considérable, sans que le Fonds national d'assurance prenne les dispositions nécessaires pour être en mesure de les rembourser, la stabilité du système financier britannique sera rapidement mise en doute. » En février, le gouvernement travailliste établit un « Comité d'étude des dépenses publiques », sous la présidence de Sir George May, qui devait donner son avis sur les mesures à prendre ; en même temps, le chancelier de l'Échiquier (M. Snowden) déclara : « La situation nationale est grave ; des mesures énergiques et pénibles devront être prises afin de maintenir le budget en équilibre et de permettre la reprise dans l'industrie. » (Il faut noter la liaison qui est censée exister entre un budget équilibré et la reprise de l'expansion dans l'industrie.)

Quand le comité May, fit son rapport, à la fin de juillet 1931, la situation des paiements internationaux s'était beaucoup aggravée. La Credit Anstalt, la plus grande banque d'Autriche, s'était trouvée en difficultés, et avait partiellement suspendu ses paiements. La crise de confiance envers les banques et institutions financières européennes s'étendit rapidement et l'on vit s'intensifier le processus par lequel les pays rapatriaient leurs propres fonds de l'étranger, tout en s'efforçant, de leur mieux, de rendre non liquides leurs propres dettes envers d'autres pays. Inévitablement, la Grande-Bretagne, incapable de rapatrier une grande quantité de fonds qu'elle avait prêtés à l'étranger, et ne pouvant, du fait de son adhésion au régime d'étalon-or, se dégager de ses obligations de fournir de l'or à tous ceux qui voulaient retirer leur argent de Londres, souffrit très durement de cet état de choses. Vers la seconde moitié de juillet, l'or sortait du pays à la cadence de 12 à 15 millions de livres par semaine, et vers la fin du mois, les réserves d'or étaient descendues à 133 millions de livres.

La Grande-Bretagne abandonne l'étalon-or.

Le rapport de Sir May estima qu'à la fin de l'année

fiscale en cours (1931-1932), le déficit budgétaire atteindrait 120 millions de livres, et il recommanda d'augmenter les impôts, de réduire énergiquement les dépenses, en particulier les dépenses d'assurance-chômage, afin d'éliminer le déficit. La publication de ce rapport (dont Keynes parla en termes peu obligeants : « le document le plus insensé que j'aie jamais eu le malheur de lire »), la répugnance évidente du gouvernement travailliste à réduire les prestations d'assurance-chômage et les salaires des fonctionnaires, alarmèrent l'opinion et accrurent les inquiétudes, en Grande-Bretagne et à l'étranger. Les sorties d'or s'accélérèrent, bien que, début août, les réserves fussent provisoirement gonflées par un prêt de 50 millions de livres, accordé par les banques françaises et américaines. A la fin du mois d'août, le gouvernement fut renversé et un gouvernement national (dont le Premier ministre fut encore Ramsay Macdonald) le remplaça; il s'engagea à préserver la valeur de la livre à n'importe quel prix. Malgré un prêt supplémentaire de 80 millions de livres obtenu de la France et des États-Unis, vers la fin d'août, malgré la décision annoncée par le nouveau gouvernement d'accroître les impôts et de réduire les dépenses au début de septembre, il fut impossible de maîtriser la situation. Le 19 septembre, les réserves d'or restantes disparurent rapidement. Le gouvernement n'eut pas le choix; le 21 septembre, il suspendit les paiements en or. Après six ans de lutte, la Grande-Bretagne avait été finalement contrainte d'abandonner l'étalon-or.

Les conséquences qu'eut cet événement sur l'ensemble du système des échanges et des paiements internationaux furent de grande portée et leurs effets se manifestèrent pendant longtemps, mais pour ce qui nous intéresse actuellement, ce sont les conséquences sur le problème britannique de l'emploi, que nous considérerons. L'effet immédiat fut favorable. Le cours du sterling put maintenant fluctuer librement, selon l'offre et la demande et, puisque les vendeurs étaient plus nombreux que les acheteurs, ce cours tomba. Vers le milieu de l'année 1932, le cours par rapport au dollar était descendu de 4,85 dollars (sa valeur en régime d'étalon-or) à 3,58 dollars. De ce fait, les exportations britanniques furent alors meilleur marché et les importations plus chères [1]; la balance commerciale s'améliora donc quelque peu.

Mais ces premières conséquences eurent peu d'importance et furent de courte durée. Les pays qui n'avaient pas dévalué leurs monnaies par rapport à l'or, prirent d'autres mesures pour soulager leurs balances des paiements et pour protéger leurs marchés domestiques de la concurrence étrangère qui menaçait de faire encore baisser l'emploi. Ils élevèrent leurs tarifs douaniers, étendirent leurs quotas à l'importation et imposèrent le contrôle des changes. La Grande-Bretagne et les autres pays qui avaient abandonné le système de l'étalon-or, prirent des mesures semblables en représailles. En 1932, la valeur du commerce mondial était tombée au tiers de son niveau de 1929 et partout, la production ne cessait de baisser et le chômage de s'accroître. En Grande-Bretagne, en 1932, le chômage atteignit son maximum, en frappant 22 % de la population active. En Allemagne et aux États-Unis, il était encore plus élevé.

Les opinions des économistes.

Pendant que se déroulaient ces événements, quelles opinions les économistes exprimèrent-ils à leur sujet? Pour beaucoup, ce fut celles qu'ils exprimaient depuis toujours (bien qu'il soit juste de remarquer que certains le firent avec moins de conviction qu'auparavant). Il faut se garder de toute intervention. Il faut patienter jusqu'à ce que la phase de déclin du cycle économique se ralentisse et finisse par se transformer en phase ascendante. Pour aider ce processus à se réaliser, il faut abaisser les salaires et les prix et réduire les taux d'intérêt. Mais surtout, il faut assurer que les dépenses publiques diminuent jusqu'à un niveau inférieur à celui des recettes; car, si l'État lui-même va droit à la banqueroute, comment la reprise économique peut-elle avoir lieu?

Cette manière de voir fit presque l'unanimité, mais elle eut pourtant quelques opposants. Vers le milieu des années 1920, Keynes et un autre économiste de Cambridge, D. H.

---

1. Pas dans les échanges avec tous les pays, car un certain nombre d'entre eux avaient abandonné l'étalon-or en même temps que la Grande-Bretagne, et certains avaient fixé la valeur de leur monnaie en fonction du sterling.

Robertson, réclamèrent, non pas une diminution, mais un accroissement des dépenses publiques. Selon eux, se contenter d'attendre passivement que l'investissement se remît à augmenter, en entraînant alors une reprise de l'expansion générale, n'était pas forcément la bonne attitude à prendre. Au contraire, le gouvernement devait intervenir de son propre chef, et consacrer des fonds à des investissements publics, en construisant des maisons, des ports, des routes, etc. De cette façon, des hommes et des équipements qui ne servaient plus à rien, recommenceraient immédiatement à être employés.

Ce raisonnement était si simple, que personne ne doutât un instant qu'il dût être faux. On l'attaqua, en fait, sur deux points. En premier lieu, appliquer ce raisonnement mettrait certainement le Trésor en déficit; en effet, le gouvernement dépenserait de grandes quantités d'argent, mais n'obtiendrait rien, ou très peu, en retour, par le moyen de recettes fiscales supplémentaires. Vouloir mettre délibérément l'État dans une situation aussi critique ne laissait aucun doute sur la folie de ces propos. Au mieux, on ébranlerait la confiance du monde des affaires et on retarderait la reprise; au pire, les conséquences seraient catastrophiques.

En second lieu, et l'on avait ici affaire à un risque encore plus redoutable, le Trésor et la plupart des économistes furent d'avis, qu'en dehors des effets qu'aurait sur le Trésor le type d'investissement public recommandé par Keynes et Robertson, ce qu'ils proposaient, aurait des conséquences plus néfastes que bénéfiques, même sur la réalisation des objectifs qu'ils poursuivaient (en particulier, la baisse du chômage). Voici pourquoi : dans l'économie, seul un certain montant d'épargne était disponible pour l'investissement. Si l'on investissait cette épargne dans des programmes improductifs, (des maisons et des routes) il n'en resterait plus pour l'investissement dans l'industrie productive (les usines par exemple). On tenait pour évident que la construction d'usines provoquait un accroissement de la production et de l'emploi bien plus rapide que ne pouvait le faire la construction de maisons. L'investissement en travaux publics aggraverait donc probablement le problème du chômage et, bien sûr, retarderait le moment où une reprise

effective et assise sur des bases solides pourrait commencer.
Keynes ne put véritablement réfuter cette critique et, bien
qu'il ne cessât de recommander une politique de travaux
publics au début des années 1930, il se trouva dans une
position très inconfortable : celle d'un homme, faisant appel
aux sentiments plus qu'à la raison, pour demander qu'on
suive une ligne de conduite, qui, vue avec les yeux de la
raison, était manifestement erronée. La subordination des
sentiments à la raison, mise en application par la politique
gouvernementale au début des années 1930, est un phénomène que l'on rencontre assez rarement en politique et il
est bon de l'encourager; mais qu'elle survienne dans une
situation où Keynes était obstinément convaincu que la
raison « déraisonnait [1] », a dû être particulièrement humi-
liant pour l'éminent intellectuel qu'il était. Tant que personne
ne pourrait réfuter les idées prédominantes, (celles du Trésor,
du gouvernement, de la plupart des économistes, auxquelles
s'opposait justement Keynes) en se plaçant sur le même
terrain que leurs défenseurs, c'est-à-dire, en répondant à la
raison par la raison, à des arguments théoriques par d'autres
arguments théoriques, il était clair que la voix de ceux qui
recommandaient d'augmenter les dépenses publiques pour
résoudre le problème du chômage, ne pourrait se faire
entendre.

Cependant, Keynes ne voyait pas dans une politique de travaux publics l'unique moyen de sauver la situation. Il recommanda aussi une baisse des taux d'intérêt; comme il ne
s'écartait pas, ici, de la ligne de pensée orthodoxe, ses
souhaits furent plus amplement réalisés. Le taux d'intérêt
bancaire qui s'était maintenu entre 5 et 6 % en 1929, avait
été abaissé jusqu'à 3 % en 1930 et, malgré une montée à
6 % pendant la crise de 1931, il fut ramené à 2 % vers le
milieu de 1932. Il n'en bougea pas, sauf pendant une brève
période en 1939, jusqu'au retour du gouvernement conservateur en 1951. Durant le reste des années 1930, les taux
d'intérêt qui n'avaient jamais été aussi bas, ne semblèrent
pourtant pas améliorer beaucoup la situation.

1. Aux États-Unis, les sentiments l'emportèrent : l'administration prag-
matique, de Roosevelt, mit sur pied le New Deal en dépit des conseils de
tous les experts.

Le taux de chômage s'abaissa un peu en-dessous des 22 % qu'il avait atteints en 1932, mais il ne descendit qu'à 20 % en 1933, 17 % en 1934, 16 % en 1935. Même en 1939, il était encore de 12 %. La réduction des taux d'intérêt ne réussit donc pas à guérir l'économie ; les économistes n'en furent que plus portés à déclarer que les salaires et les prix devaient être réduits. Suivant en cela l'évolution mondiale, les prix tombèrent en effet ; entre 1929 et 1933, les prix de détail diminuèrent en Grande-Bretagne de 15 % et les prix de gros de 25 %. Mais, pendant toute cette période, les salaires ne baissèrent pratiquement pas. Voilà, dirent les économistes orthodoxes, d'où viennent tous nos ennuis. Les mécanismes normaux d'ajustement qui étaient censés fonctionner pendant la phase descendante du cycle économique, étaient entravés par l'opposition des syndicats. Tant que les salaires ne seraient pas réduits, le chômage persisterait.

On peut illustrer cette façon de penser par des citations empruntées à deux des économistes les plus éminents de l'époque. Dans sa *Theory of Unemployment* [1], publiée en 1933, le professeur Pigou, élève de Marshall et maître de Keynes, aboutit à la conclusion suivante : à condition que rien n'entrave le libre fonctionnement du marché, « les taux de salaires auront toujours tendance à correspondre à la demande de travail, de façon à ce que le plein emploi soit garanti. Donc, en situation stable, tout le monde trouvera effectivement un emploi ».

En d'autres termes, le niveau de l'emploi était trop bas pour la seule raison que les taux de salaires étaient trop élevés. Dans son livre, *The Great Depression* [2], publié en 1935, le professeur Lionel (maintenant Lord) Robbins, insista avec encore plus de force sur ce point.

« En général, on peut affirmer sans se tromper que, si les taux de salaires étaient beaucoup plus flexibles, le chômage se trouverait considérablement diminué... Si l'on ne s'était pas obstiné dans l'idée que les taux de salaires ne doivent être réduits, à aucun prix, afin de préserver ainsi le pouvoir d'achat des consommateurs, la dépression actuelle

1. Théorie du chômage.
2. *La Grande Dépression.*

aurait été beaucoup moins violente et le chômage qui l'accompagne n'aurait pas atteint une telle ampleur ».

Robbins était conscient de la franche indécence de ses propos : il était vraiment inconvenant de réclamer des réductions de salaires à un moment où, même parmi ceux qui avaient un emploi, nombreux étaient ceux qui ne pouvaient joindre les deux bouts. Aussi poursuivit-il en faisant cette remarque :

« Il est dur de réclamer une telle réduction de salaires, et l'on peut être certain que des hommes non dépourvus de toute humanité se résignent difficilement à le dire, surtout s'ils ne font pas eux-mêmes partie des classes salariées, et s'ils répugnent donc, naturellement, à dire quoi que ce soit qui puisse sembler signifier qu'ils désirent voir la situation des autres s'aggraver, au moins provisoirement. » Mais il conclut que « le véritable humanitaire », si on l'instruit des vérités de la théorie économique, « se rendra compte qu'une politique visant à maintenir la rigidité des taux de salaires est une politique génératrice de chômage quand ces taux ne sont plus des taux d'équilibre ».

Quant à l'expérience de Roosevelt qui tenta de faire sortir l'économie américaine de la dépression par le moyen de dépenses massives en travaux publics, l'opinion du professeur Robbins à ce sujet refléta aussi la pensée des économistes de l'époque.

« Il est encore trop tôt pour savoir si la législation adoptée d'urgence aux États-Unis empêchera la reprise de se manifester... Le déséquilibre du budget et les dépenses énormes en travaux publics sont les causes d'une tendance inflationniste qui est bien capable de balayer les divers obstacles auxquels se heurte l'esprit d'entreprise à d'autres niveaux, et peut donc engendrer un boom inflationniste ; si l'analyse faite dans les chapitres précédents est exacte, il est néanmoins probable que ce boom sera suivi d'un effondrement déflationniste. »

Robbins mettait ici l'accent sur un thème qui est repris constamment dans la théorie du cycle économique et que nous avons déjà vu : la seule façon d'empêcher la phase descendante du cycle économique de survenir est de faire en sorte que la phase ascendante soit la plus modérée possible. La morale de ce débat fut, semble-t-il, que le chômage était préférable à un emploi créé artificiellement.

Peut-être une citation du chancelier de l'Echiquier fit-elle le tour de la situation en exprimant avec nuance la position officielle. Parlant à la Chambre des Communes, en février 1935, M. Neville Chamberlain dit ceci :

« Il se peut, que dans certaines circonstances, il soit juste et désirable pour la santé de l'économie, de suivre une telle politique (de vastes dépenses publiques, y compris des dépenses de travaux publics), mais cette politique ne doit pas être adoptée dans le but de procurer des emplois aux travailleurs, car si l'on se réfère à l'expérience du passé, on voit que cette politique de travaux publics ne donne jamais les résultats escomptés quand elle se propose d'augmenter le nombre d'emplois... J'en conclus... que la manière selon laquelle un gouvernement, quel qu'il soit, peut avec le plus d'efficacité et de rapidité accroître l'emploi, est celle-ci : créer les conditions qui encourageront et faciliteront une amélioration de la marche des affaires courantes. »

Cette vue du problème n'apportait rien de positif, et la riposte ne se fit pas attendre. Un an plus tard, *la Théorie générale* était publiée. Keynes n'avait pu fournir au début des années 1930 une justification théorique de son point de vue, mais depuis, tout en poursuivant ses multiples activités officielles et privées, il avait travaillé et sa pensée avait fait du chemin. On n'a, semble-t-il, aucun témoignage sur la façon dont Keynes fit une des plus importantes découvertes de l'histoire des idées; on ne sait s'il la fit en un éclair, ou si, au contraire, il échafauda sa théorie, morceau par morceau. Tout ce que nous savons est que le 1er janvier 1935, il écrivit ceci dans une lettre adressée à Bernard Shaw : « ... Je crois que le livre de théorie économique que je suis en train d'écrire révolutionnera largement – pas d'un seul coup, je suppose, mais au cours des dix prochaines années – le mode de raisonnement que l'on a jusqu'ici appliqué, dans tous les pays du monde, aux problèmes économiques ». Jamais un propos qui paraissait si arrogant ne fut aussi amplement justifié.

4. La Théorie générale

Le grand livre de Keynes est intitulé *la Théorie générale de l'emploi, de l'intérêt et de la monnaie*, mais nous ne commettrons pas une simplification excessive en laissant de côté la monnaie, en parlant peu de l'intérêt et en concentrant toute l'attention sur l'emploi. En effet, ce livre est consacré pour l'essentiel à la recherche de ce qui détermine le niveau de l'emploi. Toutefois, il faut bien voir que le niveau de l'emploi n'indique pas seulement dans quelle mesure les personnes qui désirent travailler réussissent à trouver du travail. C'est aussi une façon d'exprimer, en abrégé, le niveau d'activité de l'ensemble économique, parce que l'emploi et la production ont toujours tendance à évoluer de concert, au moins à court terme. Ainsi ce chapitre va présenter les théories de Keynes principalement en termes d'emploi et de chômage – ce qui est tout à fait légitime, si l'on se souvient de l'ampleur du chômage pendant les années 1930 – mais il faudra se souvenir que ces théories pourraient tout aussi bien être présentées en termes de production nationale ou de niveau de vie des citoyens.

Aujourd'hui encore, certains économistes contestent la pertinence des analyses de Keynes; mais aucun n'a jamais contesté l'importance du sujet qu'il a voulu traiter. Keynes ne s'intéressait pas à toutes les sortes de chômage qui ont pu exister à un moment ou à l'autre. Ainsi, par exemple, il n'a pas cherché à comprendre pourquoi le chômage apparaît de temps à autre dans certaines branches d'industries; aussi bien, cette question avait déjà trouvé réponse chez Ricardo. Il ne s'est pas davantage employé à expliquer les poussées de chômage qui se font sentir de temps à autre dans la plupart des industries et qui, après avoir empiré pendant un an ou deux, s'apaisent puis s'effacent. Bien qu'il ait inclus quelques remarquables « *Notes on the trade cycle* [1] » dans sa *Théorie générale*, Keynes pensait en effet que le mécanisme des crises cycliques était déjà bien connu. En revanche, ce qui demeurait incompréhensible, c'était la façon dont une économie pouvait demeurer durablement engluée au point le plus bas du cycle, à ce point où le chômage est le plus important. Si l'on suivait la théorie orthodoxe, cela était impossible – et pourtant, on l'a vu, cela se produisait quand même puisqu'un très lourd chômage a persisté en Angleterre, année après année, pendant les deux décennies qui suivirent la première guerre mondiale. Comment cela était-il possible? Qu'est-ce qui n'allait pas dans la théorie économique en vigueur? Telles furent les deux questions auxquelles Keynes entreprit de répondre.

En se préoccupant de la persistance du chômage et en négligeant le chômage occasionnel que provoquent les changements de la mode ou le cycle économique, Keynes établit une théorie du court terme. C'est dire qu'il ne se soucia guère des facteurs qui déterminent, à vingt ou à cinquante ans d'échéance, ce que sera le volume de l'emploi. A long terme, avait-il l'habitude de dire, nous serons tous morts. Ce qu'il voulait comprendre, c'était l'ensemble des facteurs qui déterminent, immédiatement ou à échéance d'un an, le niveau de l'emploi. Bref, il s'intéressait à une période de temps suffisamment courte, pour qu'il soit raisonnablement permis de supposer que des facteurs comme le nombre des personnes en âge de travailler, les habitudes de consommation, les techniques industrielles, etc., n'auraient pas le temps de changer suffisamment pour affecter l'emploi.

---

1. « Notes sur le cycle des affaires. »

La demande effective.

Keynes commença [1] par rejeter l'idée suivant laquelle on peut faire confiance à l'action de quelque mécanisme automatique pour maintenir le plein-emploi ou pour le restaurer, après la phase descendante du cycle. Selon lui, les salaires, les prix et les taux d'intérêt n'évoluent pas d'une façon telle qu'ils puissent assurer spontanément le plein-emploi. Qui plus est, si on pouvait les faire évoluer dans le sens souhaité par la théorie orthodoxe, ceci ne produirait pas non plus nécessairement le résultat visé. En fait, le plein-emploi n'est pas un état de choses normal qui serait sauvegardé par les variations des salaires ou des taux d'intérêt, comme la température d'une pièce est maintenue à un niveau constant par l'action automatique d'un thermostat. Bien au contraire, il faut regarder le niveau de l'emploi, ainsi que toute autre variable dans l'économie (ou dans la vie elle-même) comme un résultat déterminé par certaines causes. Il faut donc concevoir clairement ces causes et ne pas oublier qu'elles peuvent conduire à des offres d'emplois demeurant durablement inférieures aux demandes d'emplois qui sont formulées dans le même temps.

A court terme, poursuit Keynes, le niveau de l'emploi est déterminé par le niveau de la production : si la production s'accroît rapidement, les entreprises emploieront plus d'hommes et inversement; ainsi, des hommes seront embauchés ou licenciés suivant que la production s'accroît ou décline. La production, à son tour, dépend de la demande effective. La « demande effective » désigne tout simplement la demande qui est appuyée par un pouvoir d'achat disponible, autrement dit la demande solvable; autrement dit encore, elle équivaut à l'ensemble des dépenses qui peuvent être accomplies à un moment donné. Il va de soi que le total des dépenses et le total des achats constituent une seule et même chose, mais considérée selon deux points de

---

1. En fait, ceci ne signifie pas que Keynes commença de cette façon sa *Théorie générale*. J'ai essayé d'exposer dans ce chapitre l'essence des arguments de Keynes plutôt que de suivre fidèlement l'ordre d'exposition ou la terminologie de cet ouvrage.

CE QUI DÉTERMINE L'EMPLOI

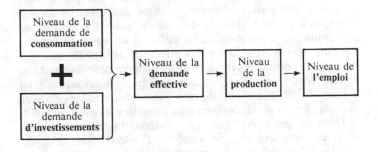

vue différents. Or le total des achats (si l'on néglige les variations de stocks) est égal à la valeur de la production [1].

Ainsi donc, on voit clairement pourquoi la production est déterminée par la demande effective. Mais la véritable question est de comprendre ce qui détermine la demande effective elle-même.

Pour répondre à cette question, Keynes fit valoir qu'il fallait décomposer cette demande effective en deux parties, la consommation et l'investissement, et les étudier séparément. La distinction entre la consommation et l'investissement est assez facile à concevoir même si, dans son détail, elle comporte quelques difficultés techniques sur lesquelles il n'est d'ailleurs pas nécessaire de s'arrêter longuement. Si un particulier dépense de l'argent pour acheter une crème glacée ou pour se payer une place de théâtre, c'est bien évidemment une dépense de consommation. Il est tout aussi évident qu'une entreprise qui dépense de l'argent pour construire une nouvelle usine ou pour la garnir de machines et d'installations diverses, effectue un investissement. D'autres cas ne sont pas aussi clairement tranchés. Ainsi, par exemple, l'argent consacré à l'achat d'une voiture sera considéré comme une dépense de consommation s'il est dépensé par un particulier, mais comme une

---

1. La production totale, la dépense totale et le revenu total sont trois quantités égales : ce sont en fait trois façons différentes de mesurer le même concept, celui de *revenu national*.

dépense d'investissement s'il s'agit d'une entreprise. Par ailleurs, les maisons qui sont achetées par des particuliers n'en sont pas moins comptées comme des investissements. Quoi qu'il en soit, il suffit de retenir, pour les besoins de notre analyse, cette distinction taillée d'un coup de serpe : l'argent dépensé par les particuliers en achats de biens et de services destinés à satisfaire leurs propres besoins constitue la consommation ; l'argent dépensé par les entreprises en achats de bâtiments et de machines destinés à produire ensuite des biens et des services constitue l'investissement.

Dans un pays moderne, 1/5 environ du revenu national total est consacré chaque année à l'investissement, tandis que les 4/5 vont à la consommation. Ceci revient à dire – en considérant ces mêmes chiffres dans l'optique de la production plutôt que dans celle du revenu – que 1/5 de la production annuelle du pays sera composé de ce que l'on appelle les biens d'investissement ou les *biens de capital* (tels les bâtiments ou les machines) et que le reste de la production consistera en *biens de consommation* et en services (tels que les vêtements et les coupes de cheveux) [1]. Pour comprendre ce qui détermine la production totale d'un pays (et, du même mouvement, le niveau de l'emploi) on doit étudier, d'une part, ce qui détermine le niveau de la consommation et, d'autre part, ce qui détermine le niveau de l'investissement. Commençons par la consommation.

La consommation.

La consommation d'un individu est déterminée principalement par son revenu ; normalement, elle sera plutôt inférieure à son revenu. Il y a certes des circonstances où le contraire est vrai : un individu riche ou de nature opti-

---

1. Cette décomposition du revenu national en deux catégories seulement — la consommation et l'investissement — est naturellement une simplification puisqu'elle ne tient pas compte de ces réalités importantes que sont les dépenses gouvernementales, la formation de stocks ou le commerce extérieur. C'est qu'en fait nous sommes bien décidés, tout au long de ce chapitre à simplifier brutalement la réalité — tout comme Keynes dans sa *Théorie générale* — afin de rendre l'essentiel de son argument aussi clair que possible.

miste, peut s'arranger pour consacrer plus d'argent à sa consommation qu'il ne reçoit de revenus; il lui faudra emprunter ou puiser dans son épargne antérieure. Il y a probablement aussi de nombreux cas où le revenu et la consommation sont exactement équivalents, où l'enveloppe de chaque paie hebdomadaire est dépensée jusqu'au dernier centime. Toutefois, la majorité des individus ou des familles épargne au moins une petite part de son revenu, même si cette épargne se traduit seulement par le paiement des primes d'une assurance sur la vie ou des retenues qui ouvriront droit à une pension. Quoi qu'il en soit, ils consacrent à la consommation moins d'argent qu'ils n'en gagnent, l'épargne se définissant simplement comme la différence entre le revenu et les dépenses de consommation. Les facteurs qui incitent les gens à épargner sont variés : certains épargnent en prévision des besoins de leurs enfants ou en vue de leur retraite; certains pour se prémunir contre le risque d'une maladie ou d'un chômage futurs; d'autres, parce qu'ils ont l'intention de s'installer à leur compte, d'autres encore parce qu'ils craignent la misère; et sans doute, certains épargnent même parce que, pour le moment, aucune dépense ne les tente suffisamment.

Quelle que soit la puissance respective de ces divers motifs, on peut sans risque d'erreur, affirmer que, pour l'ensemble des individus et des familles du pays, on trouvera toujours une consommation totale inférieure au revenu total. Savoir quelle sera au juste cette partie épargnée va dépendre d'un vaste ensemble de facteurs qui s'appliquent à une société donnée et à un moment donné, des facteurs tels que l'attitude des gens à l'égard de l'avenir, la générosité de l'État en ce qui concerne les pensions de retraites, ou encore l'extension donnée par l'État à l'Instruction publique ou à la Sécurité sociale, etc. Il faut admettre que la plupart de ces facteurs sont, pour un pays donné, le résultat d'une évolution historique : à court terme, on doit les tenir pour acquis. Il faut toutefois s'arrêter un instant à deux d'entre eux.

En premier lieu, la partie du revenu national qui est affectée à la consommation dépend pour une bonne part de la façon dont ce revenu national est distribué. Personne

LA DEMANDE DE CONSOMMATION

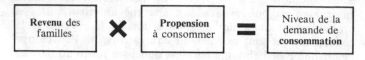

ne sera surpris de constater que les riches épargnent une plus grande fraction de leur revenu que les pauvres. Si donc le revenu national est distribué de façon assez égalitaire, personne ne sera assez riche pour épargner beaucoup et la consommation pourra être relativement élevée. Si, au contraire, la distribution du revenu national est très inégale, les riches pourront constituer une épargne importante et les pauvres ne pourront pas compenser ceci en désépargnant [1]. Un autre point à considérer est le partage du revenu national entre les salaires d'une part et les profits d'autre part. La fraction des profits qui est épargnée est habituellement très supérieure à la fraction des salaires qui peut être économisée. Ainsi donc, plus grande sera la part des salaires dans le revenu national, plus grande sera la partie du revenu national affectée à la consommation.

En second lieu, la part du revenu qui est consacrée à la consommation peut se modifier à mesure que le revenu lui-même se modifie. Ainsi, par exemple, quand, au fil des ans, un pays devient de plus en plus riche et que les revenus réels de ses habitants s'accroissent, on pourrait s'attendre à ce que la fraction du revenu qui est épargnée soit elle-même en augmentation. Mais, en fait, cela n'est pas évident du tout : en certains cas peut-être la part de l'épargne ne progresse pas parce que l'inégalité des revenus se réduit; en d'autres cas, c'est la stimulation publicitaire qui augmente et soutient la consommation. Il s'agit là, il est vrai de changements qui ne peuvent intervenir que sur une longue période de temps. A court terme en revanche, tout permet

1. Désépargner, c'est consacrer à la consommation plus d'argent qu'on n'en gagne. Il faut posséder un actif (une épargne antérieurement constituée) pour pouvoir procéder de la sorte. Toutefois, la situation a été quelque peu modifiée à cet égard depuis quelques années par l'extension du crédit à la consommation.

de penser que la fraction du revenu qui est consacrée à la consommation évolue comme le revenu, mais avec un décalage. Ainsi, pendant la phase ascendante du cycle, quand les revenus s'accroissent très vite, il faut un certain temps avant que les gens puissent ajuster leurs habitudes de consommation à leur niveau supérieur de revenu, et tandis qu'ils s'interrogent sur la façon de dépenser leur revenu supplémentaire, ils épargnent davantage. Par conséquent, *la fraction* de leur revenu qu'ils consomment est temporairement réduite; il en va de même pour la proportion du revenu national qui est affectée à la consommation. A l'inverse, pendant la phase descendante du cycle, quand les travailleurs voient se réduire le nombre des heures supplémentaires et quand certains d'entre eux perdent leur emploi, il leur est néanmoins difficile de réduire immédiatement leur dépense pour l'aligner sur leur revenu réduit; ils ont alors tendance à maintenir aussi longtemps que possible les habitudes de consommation qu'ils ont acquises et ils y arrivent en puisant dans l'épargne qu'ils ont pu constituer naguère. Il en résulte que, dans une telle période, beaucoup de gens consacrent à leur consommation plus qu'ils ne gagnent et que la proportion du revenu national, pris dans son ensemble, qui est affectée à la consommation, est généralement très élevée pendant cette phase déclinante du cycle.

La propension marginale à consommer.

Avant de quitter la consommation, il faut encore dire un mot d'une notion dont nous aurons besoin plus tard et que Keynes a baptisée « la propension marginale à consommer ». Malgré le jargon technique, il s'agit là d'une notion au fond très simple. C'est la proportion de tout accroissement du revenu qui est consacrée à la consommation.

Supposons que 90 % du revenu aille à la consommation. Dans ce cas on dira que la propension *moyenne* à consommer est de 90 % ou de 0,9. Supposons maintenant que le revenu s'accroisse et que 80 % seulement du *supplément* de revenu soit affecté à la consommation. Dans ce cas, la propension *marginale* à consommer sera de 80 % ou de 0,8. Comme nous l'avons vu, la propension marginale à consommer peut être relativement basse pendant la phase ascendante du cycle. Mais le cas le plus simple à considérer est celui où la propension marginale est égale à la propension moyenne – où, par exemple, 90 % du revenu existant est consacré à la consommation et où 90 % de tout supplément de revenu serait de même consacré à la consommation. Dans ce cas, les propensions moyenne et marginale seraient toutes deux de 0,9. Selon Keynes, la valeur de la propension marginale à consommer est très importante; mais la chose de loin la plus importante à son sujet est d'observer qu'elle sera presque certainement inférieure à 1, ce qui revient à dire qu'une partie au moins de tout accroissement de revenu (de tout revenu supplémentaire) sera épargnée. Comme nous le verrons, cette hypothèse – qui est une hypothèse fort bien établie – a joué un rôle important dans l'analyse de Keynes.

En résumé, on peut dire que le principal facteur qui détermine la consommation d'un pays est son revenu national, tout comme le principal facteur qui détermine la consommation d'une famille est son revenu familial. Pour savoir quelle partie de son revenu, un pays va consacrer à la consommation, il faut tenir compte de son organisation propre, de ses habitudes d'épargne, de la distribution plus ou moins égalitaire du revenu entre les familles, etc. Mais on ne s'écarte guère de la réalité – ni de ce que Keynes y discerne d'essentiel – en estimant que les dépenses de consommation représentent dans tout pays une proportion très élevée et très stable de son revenu.

L'investissement.

Venons-en maintenant aux facteurs qui, selon Keynes, déterminent le second élément de la demande effective, l'investissement. Bien qu'ici l'histoire devienne un peu plus compliquée (notamment par la façon dont Keynes a jugé bon de la présenter) l'essentiel de ce qu'il a voulu dire est relativement simple.

Les sommes consacrées à l'investissement sont déterminées par deux facteurs nous dit Keynes : par le rendement que cet investissement produira et, par le prix qu'il faudra payer pour emprunter l'argent nécessaire au financement de l'investissement. Cela semble tout à fait clair. De toute évidence personne ne va emprunter de l'argent en vue de bâtir une usine, si les profits qu'on peut attendre de cette usine sont inférieurs aux intérêts qu'il faudra payer pour l'argent emprunté. D'autre part, si les profits que l'on peut attendre d'une nouvelle usine sont de loin supérieurs aux intérêts qu'il faudra payer, il est probable que toutes sortes d'hommes d'affaires vont se mettre à emprunter de l'argent et à bâtir de telles usines de tous côtés. La valeur exacte des nouvelles usines qui seront bâties (ou des autres investissements qui seront réalisés) va donc dépendre de la relation qui va s'établir entre le rendement de l'investissement d'une part et, d'autre part, le coût des emprunts.

Mais en disant cela, on a simplement fait reculer la question difficile. En effet, il faut maintenant rechercher ce qui détermine le rendement d'un investissement et aussi ce qui détermine le taux d'intérêt qu'un emprunteur doit payer. On va examiner successivement ces deux questions.

Le rendement de l'investissement.

Pour évaluer le rendement d'un investissement, dit Keynes, on doit évaluer les résultats qu'il pourra produire pendant toute sa durée de vie et pas seulement pendant la première ou la deuxième année de son fonctionnement [1]. Le rende-

---

1. L'originalité de *la Théorie générale* tient presque autant aux nouveaux instruments d'analyse qu'elle présente qu'à la façon nouvelle dont elle fait usage d'instruments plus anciens. On peut souligner ce point en notant combien Keynes a insisté sur la nécessité de prendre en considération la série complète des résultats qu'il faut attendre d'un nouvel investissement pendant toute la durée où il pourra probablement fonctionner (sans oublier de réduire cette série de rendements futurs à un dénominateur commun). Jusqu'à *la Théorie générale*, les économistes se contentaient de prendre en compte le résultat presque immédiat d'un investissement, c'est-à-dire le résultat qu'on pouvait en escompter pour la première ou les deux premières années de son fonctionnement.

ment futur dépend de ce que sera le volume des ventes et
du prix auquel ces ventes pourront être effectuées. Mais à
son tour, l'estimation qu'un homme d'affaires pourra établir
à ce sujet, dépend des perspectives qui s'offrent à l'économie,
dans son ensemble et plus spécialement dans le secteur où
doit s'inscrire le nouvel investissement. Nous avons déjà
vu en discutant du cycle économique, quels sont les facteurs
qui vont être influents. Ainsi, par exemple, aussitôt après
que le cycle a commencé sa phase déclinante, les perspectives offertes à de nouveaux investissements ne sembleront
pas très stimulantes : quand il y a déjà une quantité importante d'installations dont beaucoup sont presque neuves
et qui demeurent inactives, on ne peut pas escompter de
grands profits si l'on envisage d'en créer de nouvelles. Mais
quelques années plus tard, quand une partie de ces installations s'est usée ou a été rendue désuète par l'apparition
de nouveaux produits ou de nouvelles techniques, la construction d'usines nouvelles et l'installation de machines
modernes peut à nouveau devenir profitable. Naturellement
ceci sera particulièrement vrai pendant la phase ascendante
du cycle, quand les revenus recommencent à augmenter et
quand la demande de biens et de services est de nouveau
en expansion. Dans cette phase, l'accélérateur (qui exerçait
un effet dépressif sur les investissements pendant la phase
de déclin) agit comme un stimulant. Ainsi donc, on peut
dire, sans trop simplifier, que les principaux facteurs qui
affectent le rendement futur d'une nouvelle usine ou d'une
nouvelle installation sont *le montant des capitaux* déjà
investis dans de tels équipements et *l'intensité* de leur utilisation. Si les équipements existants sont très importants
(comme à la fin d'un boom) l'intérêt des investissements
nouveaux sera faible ; il sera plus grand si le volume des
équipements disponibles apparaît relativement faible (comme
au début d'un boom). Si, par ailleurs, les équipements qui
existent sont sous-employés, l'incitation à investir sera plus
faible que si ces mêmes équipements sont utilisés à pleine
capacité. Tout ceci était facile à voir et constituait en fait
un élément de la théorie du cycle. Keynes accepta cette
analyse, mais il la renforça de façon très significative en
mettant l'accent sur les *perspectives*. Il insista beaucoup sur

le fait que ce n'était pas seulement l'état présent de l'économie qui affectait les décisions d'investissement, mais plus encore les perspectives que les différents hommes d'affaires pouvaient concevoir quant à la façon dont les choses pourraient évoluer à l'avenir. La perspective de profits très importants et très rapides ne suffirait pas à les inciter à investir, s'ils pensaient par ailleurs que ces profits sont appelés à disparaître dans un an ou deux par l'effet d'une récession.

Jusqu'ici nous avons considéré seulement un seul aspect de toute décision d'investissement, à savoir, le rendement qui peut être escompté d'un tel investissement si un homme d'affaires décide de le réaliser. Mais avant qu'il puisse prendre sa décision, il lui faut également savoir comment se présentera l'autre plateau de la balance, c'est-à-dire combien lui coûtera l'argent à emprunter pour financer cet investissement; en d'autres termes, quel est le taux d'intérêt qu'il aura à payer [1].

Le taux d'intérêt.

Bien qu'elle soit très ingénieuse, il n'est pas toujours facile de suivre la théorie de Keynes en ce qui concerne les déterminants du taux d'intérêt, et ce, d'autant plus que sa Théorie Générale n'en coordonne pas tous les éléments. Pour l'essentiel, son analyse peut se résumer comme suit.

Le taux d'intérêt est fondamentalement un prix, le prix de l'argent emprunté, et on pourrait s'attendre à ce qu'il soit déterminé comme tout autre prix par l'offre et la de-

---

1. Je suppose, par souci de simplicité, que l'homme d'affaires emprunte de l'argent à sa banque, moyennant un certain taux d'intérêt. En fait, il pourrait également se procurer de l'argent en émettant des actions ou des obligations ; il pourrait aussi posséder lui-même cet argent. Mais dans ces deux cas, le taux d'intérêt n'en joue pas moins un rôle dans ses calculs. Dans le premier cas, il va influencer les conditions auxquelles une émission pourra avoir lieu en Bourse ; dans le second cas, le taux d'intérêt déterminera le rendement qu'il pourrait obtenir en prêtant son argent à quelqu'un d'autre plutôt que de l'investir lui-même. Ainsi, même dans ces deux cas, un peu plus compliqués, le taux d'intérêt demeure toujours déterminant quant aux décisions d'investissement. Il ne faut toutefois pas oublier qu'en pratique il existe plusieurs taux d'intérêt qui sont différents ; quand on parle *du taux* d'intérêt, on simplifie inévitablement la réalité.

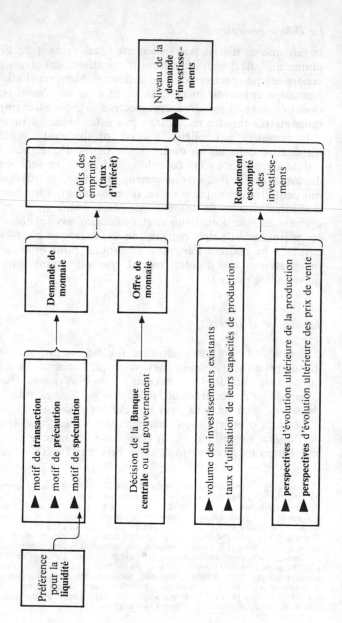

LA DEMANDE D'INVESTISSEMENTS

Niveau de la demande d'investissements

Coûts des emprunts (taux d'intérêt)

Rendement escompté des investissements

Demande de monnaie

Offre de monnaie

volume des investissements existants

taux d'utilisation de leurs capacités de production

perspectives d'évolution ultérieure de la production

perspectives d'évolution ultérieure des prix de vente

motif de transaction
motif de précaution
motif de spéculation

Décision de la Banque centrale ou du gouvernement

Préférence pour la liquidité

mande. Cette façon de voir est correcte, estime Keynes : l'intérêt est déterminé par l'offre et la demande *de monnaie* – la monnaie signifiant ici à la fois les espèces et les dépôts bancaires qui peuvent être immédiatement convertis en espèces. Mais alors, qu'est-ce qui détermine l'offre de monnaie et aussi la demande de monnaie?

Pour ce qui est de l'offre, la chose est facile à établir. La quantité de monnaie mise à la disposition de l'économie résulte des décisions de la Banque centrale (ou du gouvernement); la Banque centrale utilise les opérations d'open market pour agir sur les réserves liquides des banques commerciales et pour influencer par ce moyen la bonne volonté que mettent ces banques à accorder des découverts ou à consentir des crédits, et pour influencer finalement le volume des espèces ou des dépôts bancaires dont disposent les citoyens ordinaires. Ainsi l'offre de monnaie est déterminée, en toute hypothèse, par des décisions du gouvernement ou de la Banque centrale (sauf à tenir compte, le cas échéant, des règles de l'étalon-or).

Du côté de la demande, les choses sont plus compliquées. Il faut d'abord bien préciser la question que nous examinons. Nous ne nous demandons pas, ce qui serait plutôt naïf : « Pourquoi les gens ont-ils besoin de monnaie? ». Nous nous demandons : « Pourquoi les gens désirent-ils détenir leur richesse *sous la forme de monnaie* (c'est-à-dire sous forme d'espèces ou de dépôts bancaires qui ne procurent aucun intérêt) plutôt que sous la forme de valeurs industrielles, de bons d'État ou d'autres actifs ayant un certain rendement? ». En d'autres termes, qu'est-ce qui détermine la quantité de monnaie que les gens désirent détenir, par comparaison avec les valeurs ou les autres actifs?

Keynes a fractionné la réponse à cette question en trois éléments en distinguant les trois raisons pour lesquelles les gens pouvaient désirer détenir une partie de leur richesse sous forme de monnaie, plutôt que sous forme d'actifs rapportant un intérêt. Vient en premier lieu un *motif de transaction* : les gens ont besoin d'argent immédiatement disponible pour effectuer leurs achats quotidiens. Puis, il y a, en second lieu, *un motif de précaution* : ils désirent avoir de l'argent dans leur poche ou tout au moins de l'argent immé-

diatement disponible à la banque pour le cas où surviendrait
quelque contingence imprévue – une maladie soudaine, un
cambriolage, une lourde amende venant sanctionner une
infraction aux règles de la circulation. Enfin, il existe aussi
un motif de spéculation : les gens (ou, en tous cas, une partie
d'entre eux) désirent avoir de l'argent disponible pour mettre
à profit toute occasion avantageuse qui pourrait soudain
se présenter; par exemple, ils s'attendent à une chute du
cours des valeurs ou des bons d'État; ou, à l'inverse, ils ne
désirent pas conserver de telles valeurs s'ils s'attendent à
ce que leur prix baisse et, dès lors, ils les vendent et détiennent de la monnaie en leur lieu et place.

Selon Keynes, les motifs de transaction et de précaution
qui incitent à détenir de la monnaie sont très étroitement
liés au niveau du revenu national [1]. En revanche, ils ne sont
pas très sensibles au taux d'intérêt; les sommes d'argent
que les gens désirent garder pour ces deux motifs demeurent
presque identiques, que le taux d'intérêt soit élevé ou bas.
Il n'en va plus de même avec le motif de spéculation, qui
est très directement affecté aussi bien par le taux d'intérêt
qui existe au moment considéré que par le taux d'intérêt
que l'on s'attend à voir s'instaurer prochainement. Si le
taux d'intérêt est déjà élevé et si les gens pensent qu'il est
appelé à baisser, ils seront enclins à prêter autant d'argent
qu'ils le pourront. Dans de telles circonstances, le désir
de réaliser un profit spéculatif poussera ces hommes à
placer leur argent en titres et ils détiendront très peu d'espèces; ou, pour employer l'expression même de Keynes,
leur préférence pour la liquidité sera très basse. Mais dans
l'hypothèse contraire où le taux d'intérêt serait bas et où
l'on croit généralement qu'il va monter, le besoin de monnaie pour satisfaire le motif de spéculation sera très grand
(c'est-à-dire que la préférence pour la liquidité sera très
élevée). Les gens auront grande envie d'avoir sous la main
de l'argent immédiatement disponible, afin de tirer partie
du niveau plus élevé du taux d'intérêt qu'ils attendent
et, simultanément, ils n'auront aucune envie de risquer

---

1. Il s'agit évidemment ici du revenu national exprimé en valeur courante
(c'est-à-dire, pour la France, en francs courants).

une perte en capital en détenant des titres, pour l'instant.

Tout ceci peut se résumer en disant que la demande de monnaie pour satisfaire le motif de spéculation sera forte quand le taux d'intérêt est bas, et faible quand ce taux est élevé. Même si l'on tient compte des motifs de transaction et de précaution qui incitent à détenir de la monnaie mais ne sont guère affectés par le taux d'intérêt, il restera vrai que la demande totale de monnaie sera d'autant plus grande que le taux d'intérêt sera bas : quand le taux d'intérêt baisse, la demande de monnaie augmente. Ainsi, estime Keynes, le taux d'intérêt qui s'établit effectivement est celui pour lequel la demande de monnaie déterminée par ces divers motifs est égale à l'offre de monnaie déterminée par la Banque centrale. En d'autres termes, le taux d'intérêt est déterminé par le volume de monnaie que crée la Banque centrale d'une part, et par la demande de monnaie (ou, comme le dit Keynes, par la préférence pour la liquidité) d'autre part.

Mais Keynes ne s'est pas contenté de conduire son analyse jusqu'à ce point. Il lui a ajouté une remarque supplémentaire qui est devenue un élément important de son attaque contre la théorie orthodoxe. Observez, dit-il, ce qu'il advient du taux d'intérêt quand la Banque centrale modifie la quantité de monnaie. Comme dans le cas de toute autre marchandise, on s'attendrait à ce qu'un accroissement de l'offre entraîne une baisse du prix (c'est-à-dire, ici, du taux d'intérêt) et à ce qu'une réduction de l'offre accroisse le prix. Keynes admettait volontiers que telle serait bien la tendance, mais il nuançait aussitôt son accord, en insistant sur un point très significatif. Il admettait qu'une réduction de la quantité de monnaie conduirait à une hausse du taux d'intérêt, *si* la préférence pour la liquidité (c'est-à-dire la demande de monnaie) restait inchangée. En effet, si l'offre de monnaie était réduite (si, par exemple, les découverts bancaires étaient diminués), tandis que la demande de monnaie restait inchangée, l'équilibre ne pourrait être rétabli que par une hausse du taux de l'intérêt. Les prêteurs exigeraient un taux d'intérêt plus élevé pour accepter de se défaire de leur monnaie disponible, et les emprunteurs seraient prêts à payer ce taux plus élevé, maintenant qu'il y aurait moins de monnaie prêtable.

En théorie, le contraire devrait se produire quand la quantité de monnaie est accrue. Avec une demande inchangée et une offre augmentée, on pourrait s'attendre à ce que le taux d'intérêt baisse. Mais, dit Keynes, ceci n'est vrai que jusqu'à un certain point et non en toutes circonstances. Si le taux d'intérêt est de l'ordre de 6 %, un accroissement relativement faible de la quantité de monnaie peut suffire à le faire descendre à 5 % : avec plus de monnaie disponible, on pourra prêter plus (ou l'on aura besoin d'emprunter moins) et le taux d'intérêt baissera. Mais si le taux d'intérêt est de l'ordre de 2 % au départ, un accroissement, même très important, de la quantité de monnaie peut ne pas réussir à faire descendre ce taux jusqu'à 1 %. Cela, dit Keynes, résulte du fait qu'il y a un taux d'intérêt au-dessous duquel les gens n'ont plus du tout envie de prêter de l'argent. Même s'il y a beaucoup de monnaie disponible, les gens préféreront la garder sous forme d'espèces ou de dépôts bancaires, plutôt que de la prêter, si le taux d'intérêt est très bas (inférieur, disons, à 2 ou 2 1/2 %). Ce n'est pas seulement parce qu'un taux aussi bas ne vaut pas qu'on prenne la peine de consentir un prêt, mais aussi par l'effet des espérances que l'on peut concevoir pour l'avenir. L'expérience du passé suggère qu'un taux d'intérêt aussi bas ne va probablement pas durer longtemps. Dès lors, quiconque immobiliserait son argent en le prêtant à ce très bas taux pourrait s'exposer à de désagréables surprises; toute hausse du taux d'intérêt occasionnerait une perte. Ainsi, conclut Keynes, bien qu'un accroissement de l'offre de monnaie soit de nature à faire baisser le taux d'intérêt dans les circonstances ordinaires, il n'aura pas cet effet si le taux d'intérêt est déjà inhabituellement bas. Il y a un niveau au-dessous duquel le taux d'intérêt ne peut être forcé de descendre, quel que soit l'accroissement de la quantité de monnaie [1].

---

1. Aujourd'hui, la plupart des économistes donneraient moins d'importance que ne l'a fait Keynes aux fluctuations du taux d'intérêt, comme déterminant des décisions d'investissement, et sans doute plus d'importance au degré d'incertitude des rendements attendus. Mais ceci n'est qu'une différence d'accent, non de substance.

Le niveau de la production et de l'emploi.

Nous avons donc vu quels sont les facteurs qui, dans l'analyse de Keynes, déterminent, dans un pays et à un moment donnés, ce que sera, d'une part, le niveau de la consommation et, d'autre part, le niveau de l'investissement. Comme il avait commencé son travail en décomposant le revenu national en ces deux éléments, la consommation et l'investissement, il est clair que, si l'on sait ce qui détermine chacun d'eux, on sait du même coup ce qui détermine le revenu national lui-même. En effet, pour utiliser la notation employée par Keynes, dans laquelle la consommation est désignée par C, l'investissement par I, et le revenu national par Y,

$$C + I = Y$$

Arrivé à ce point, Keynes était enfin prêt à faire exploser sa bombe. J'ai montré, disait-il, qu'un certain niveau de l'emploi résulte du montant de la consommation et de l'investissement qui sont réalisés dans un pays. Et maintenant, demandait-il, *pourquoi ce niveau de l'emploi serait-il un niveau de plein-emploi*? Qu'y a-t-il dans le système économique qui garantisse que les sommes consacrées par les hommes d'affaires à l'investissement et les sommes dépensées par les familles pour leur consommation, soient de nature à provoquer un niveau de production tel que, pour l'atteindre, il faille employer tous ceux qui cherchent du travail? Qu'est-ce qui empêche la consommation et l'investissement de s'additionner en une demande si puissante qu'il faudrait, pour la satisfaire, mettre au travail tous les habitants du pays qui en sont physiquement capables? Ou bien, à l'extrême opposé, qu'est-ce qui empêche la consommation et l'investissement de former une demande si faible qu'il suffira pour la satisfaire d'une relativement faible production de biens et services, production que 80 ou 90 % de la population active suffiront à assurer? *Bref, quelle raison y a-t-il de penser que les millions d'individus qui décideront de consommer ou de ne pas consommer et les dizaines de milliers d'entreprises qui décideront d'investir ou de ne pas investir, vont,*

LE SCHÉMA KEYNÉSIEN

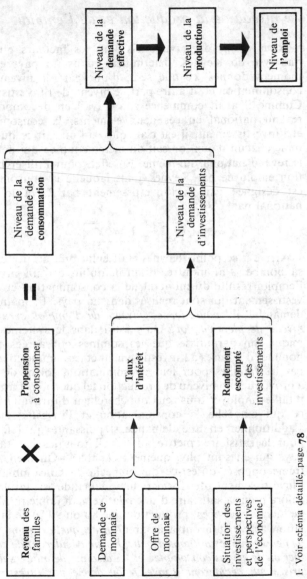

1. Voir schéma détaillé, page 78

comme par miracle, former tous ensemble un niveau de demande effective impliquant le plein-emploi?

A toutes ces questions, Keynes put répondre de façon très nette. Le niveau de l'emploi qui résulte du total des dépenses de consommation et d'investissement engagées dans un pays ne sera *pas* nécessairement le plein-emploi. Il n'y a *rien* qui empêche la consommation et l'investissement de former une demande excessive au regard des capacités de l'économie (et de conduire ainsi à l'inflation) ou encore une demande insuffisante (et de conduire ainsi au chômage). Bref, il n'y a *aucune raison* de penser que la somme totale de millions de décisions de consommer ou d'investir va former une demande effective entraînant le plein-emploi.

Ces réponses provoquèrent un choc terrible dans l'opinion orthodoxe. Comme nous l'avons vu au chapitre 2, on avait toujours pensé que le plein-emploi était un état de choses normal et naturel. Or voici que Keynes affirmait au contraire, que ce plein-emploi n'était que l'un des niveaux, parmi bien d'autres, auxquels l'emploi pouvait se fixer. Si un pays jouissait du plein-emploi, disait-il, ce n'était pas parce qu'il était inévitable, c'était simplement par un coup de chance.

Ce point constituait évidemment la partie la plus dramatique et la plus exigeante du raisonnement de Keynes. Dramatique parce qu'elle bousculait toutes les théories économiques jusqu'alors admises; exigeante parce qu'elle impliquait un besoin d'action gouvernementale d'une nature et d'une ampleur jusqu'alors insoupçonnées. La leçon était claire en effet : si le gouvernement désire le plein-emploi, il ne peut pas se contenter de l'attendre passivement; il lui faut entreprendre des actions précises pour faire en sorte qu'il y ait assez d'investissements ou de consommation pour que le plein-emploi s'ensuive. Si de telles actions – comme il est probable – entraînent un déficit budgétaire, cela n'a pas d'importance. *Ce qui importe, ce n'est pas que le gouvernement équilibre ses propres comptes, c'est qu'il fasse en sorte que la demande effective soit suffisante pour maintenir le plein-emploi.*

Le concept de l'équilibre.

Nous n'avons pas encore pénétré au cœur de la théorie keynésienne. Nous avons dit que le niveau de la consommation est déterminé par le niveau et la distribution des revenus. Puis, nous avons dit que le niveau de la consommation, plus le niveau de l'investissement déterminent la production totale du pays – production totale qui, on le sait, est la même chose que le revenu total du pays. En d'autres termes, on dit, *à la fois* que le revenu détermine la consommation *et* que la consommation (jointe à l'investissement) détermine le revenu. N'est-ce pas là un raisonnement circulaire?

Non, ça n'en est pas exactement un. C'est plutôt un exemple de ce fait essentiel que nous sommes ici en présence d'un groupe de variables *interdépendantes*. Ceci veut dire que si l'on modifie une variable, il en résultera des modifications pour d'autres variables, lesquelles à leur tour vont éventuellement entraîner une nouvelle modification de la première des variables à laquelle on avait touché. Ici donc, nous disons que le revenu total et la consommation totale sont des variables interdépendantes.

On peut expliquer le niveau auquel se situent de telles variables interdépendantes, en ayant recours au concept d'équilibre. On dira d'une situation qu'elle constitue un équilibre, quand aucune des variables concernées n'a tendance à s'écarter de son niveau actuel. Pour expliquer le niveau de la consommation, il ne suffit pas d'affirmer par exemple : « la consommation atteint 800 francs par mois parce que le revenu est de 1 000 francs », si, en fait, il est vrai en même temps que le revenu est limité à 1 000 francs, *parce que* la consommation est de 800 francs. Au lieu de cela, on doit expliquer le niveau de la consommation en disant plutôt : « la consommation atteint 800 francs parce que les relations réciproques qui existent entre le revenu et la consommation sont telles, qu'il s'agit là du seul niveau de consommation compatible, dans une période donnée, avec un revenu de 1 000 francs ».

La Théorie générale est une théorie de l'équilibre. Elle analyse le processus par lequel quatre variables interdépendantes (la consommation, l'investissement, l'épargne et le revenu national) s'établissent en équilibre, les unes avec les autres. Et elle montre que l'équilibre ainsi établi peut *ou non* se traduire par le plein emploi. En réalité, on peut exprimer l'essentiel de *la Théorie générale* d'une façon encore plus simple que celle-ci, en la présentant comme un calcul de la façon dont l'épargne et l'investissement s'ajustent l'un à l'autre.

L'investissement et l'épargne en équilibre.

Commençons notre examen en considérant un petit exemple arithmétique très simple mais d'immense portée. Nous avons vu que les dépenses de consommation plus les dépenses d'investissement sont, ensemble, équivalentes au revenu national. Donc, l'investissement est égal au revenu national diminué de la consommation. Mais si l'on considère le revenu national sous un autre angle, non plus comme la somme totale de toutes les dépenses, mais comme celle de tous les revenus, on peut voir que le revenu national, diminué de la consommation est aussi égal à l'épargne puisque l'épargne est définie comme la différence entre le revenu et la consommation. Ainsi donc, l'investissement et l'épargne doivent être égaux entre eux.

Tout ceci peut être exprimé de façon moins lourde en utilisant la notation de Keynes. Si on appelle S, l'épargne totale, on peut écrire :

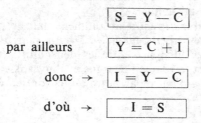

$$S = Y - C$$

par ailleurs $$Y = C + I$$

donc → $$I = Y - C$$

d'où → $$I = S$$

L'arithmétique est très démonstrative. Pourtant, quand on essaye de l'appliquer au monde réel, on ne peut pas voir immédiatement si ce qu'elle établit est exact. En effet, comme nous l'avons vu, l'investissement et l'épargne sont réalisés par des groupes différents, pour des motifs différents. L'investissement est décidé par des hommes d'affaires qui tiennent compte du taux de l'intérêt, et du rendement qu'ils attendent de certains projets précis d'équipement. D'un autre côté, l'épargne résulte des décisions de millions de familles, décisions par lesquelles celles-ci décident combien il leur faut mettre de côté sur leur revenu courant pour les besoins de leur avenir ou de celui de leurs enfants. Comment est-il possible, sauf par un pur hasard, que le montant total que des dizaines de milliers d'hommes d'affaires et de chefs d'entreprises décident d'investir soit égal au montant total que, de leur côté, des millions de familles décident d'épargner [1] ?

C'est ici que le concept d'équilibre entre en scène. Le niveau du revenu national qui s'établit finalement dit Keynes, sera un niveau où l'épargne et l'investissement seront en équilibre – c'est-à-dire un niveau tel que les sommes que les ménages *désirent* épargner, sont exactement égales aux sommes que les hommes d'affaires *désirent* investir. Tout niveau du revenu national, où l'épargne et l'investissement ne sont pas en équilibre ne peut pas durer ; la situation se modifiera jusqu'à ce que soit atteint un niveau où les sommes que les familles désirent épargner *sont* égales à celles que les hommes d'affaires désirent investir. A ce niveau l'ensemble du système économique sera en équilibre. Et pour souligner une nouvelle fois la thèse principale, ce niveau d'équilibre du revenu national peut fort bien comporter un chômage substantiel.

Ici il est indispensable de rendre absolument clair un point qui a surpris, même les experts, quand *la Théorie générale* fut publiée. Il s'agit de la différence entre les deux affirmations suivantes : d'une part, dire que l'épargne et l'investissement sont égaux entre eux ; d'autre part, dire qu'ils sont en équilibre.

---

1. La distinction entre les hommes d'affaires ou les chefs d'entreprises qui investissent et les familles qui épargnent est une simplification brutale de la réalité qui est utilisée, ici, pour simplifier l'exposé. Ce qui se passe en réalité est beaucoup plus compliqué. On retrouvera ce point plus tard.

Nous avons vu que l'épargne et l'investissement constituent une même réalité, observée de deux points de vue différents : l'une et l'autre sont la différence entre le revenu ou la production d'un côté, et d'un autre côté, le niveau de la consommation. Puisqu'il en est ainsi, leur égalité existe toujours, aussi courte que soit la période que l'on considère. Donc, ce que les hommes d'affaires investissent *effectivement* sera toujours égal à ce que les familles épargnent *effectivement*.

Mais ce que les hommes d'affaires *désirent* investir, et ce que les familles *désirent* épargner est une toute autre affaire. Ces deux quantités peuvent être loin de l'égalité, auquel cas, il y aura une différence entre ce que les gens veulent faire et ce qu'ils réussissent à faire. Si, par exemple, les hommes d'affaires désirent investir *plus* que les familles n'ont l'intention d'épargner, alors de deux choses l'une : ou bien les hommes d'affaires découvriront qu'ils ne peuvent pas consacrer à l'investissement autant qu'ils l'auraient voulu (parce que par exemple les biens d'équipement qu'ils désiraient acheter ne sont tout simplement pas disponibles) ; ou bien les familles vont découvrir qu'elles ne peuvent pas consommer autant qu'elles le désirent (c'est-à-dire qu'elles épargnent plus qu'elles ne le voudraient). De la même manière, si les hommes d'affaires désirent investir moins que les familles ne désirent épargner, un déséquilibre inverse se manifestera.

Dans ces diverses éventualités, l'épargne effective sera toujours égale à l'investissement effectif. Pourtant, on n'aura une situation d'équilibre que si l'épargne souhaitée et l'investissement souhaité sont égaux entre eux, c'est-à-dire si les sommes que les hommes d'affaires désirent investir sont égales à celles que les familles désirent épargner. Si on se trouve, au point de départ, dans une situation où l'épargne et l'investissement *désirés* ne s'équilibrent pas, alors, selon Keynes, le revenu national se modifiera, et continuera de se modifier jusqu'à ce que cet équilibre soit atteint.

Le multiplicateur.

Pour observer la façon dont ce processus d'égalisation de l'épargne et de l'investissement *désirés* se réalise, nous devons en premier lieu jeter un nouveau coup d'œil sur la notion de propension marginale à consommer. Nous avons déjà vu (p. 179) que la propension marginale à consommer est cette fraction d'un accroissement du revenu qui est dépensée en consommation. Si, par exemple, une famille (ou un pays), bénéficie d'un accroissement de revenu de 100 francs, et dépense 80 francs de cet accroissement en consommation, alors, sa propension marginale à consommer est de 80 % ou 0,8. Comme par définition, on doit épargner les 20 francs que l'on ne consomme pas, on dira que la propension marginale à épargner doit être de 20 % ou de 0,2. Tout accroissement du revenu doit être soit dépensé en consommation, soit épargné ; de même, la propension marginale à consommer et la propension marginale à épargner doivent avoir *ensemble* une valeur égale à l'unité.

Si l'on en croit Keynes, la valeur que prend la propension marginale à consommer est la clé de notre problème : c'est d'elle que dépend l'importance du changement dans le revenu national qui sera nécessaire pour transformer une situation déséquilibrée (dans laquelle les hommes d'affaires désirent investir plus ou moins que les familles n'ont l'intention d'épargner) en une situation d'équilibre. Plus la propension marginale à consommer est élevée, plus sera important le changement dans le revenu national qui sera provoqué par une modification donnée de l'investissement ou de l'épargne.

Supposons qu'un pays dans lequel la propension marginale à consommer est de 0,8 reçoit, pour une raison quelconque, un supplément de revenu égal à 100 francs. Ce pays, ou plutôt les individus qui le composent, va dépenser 80 de ces 100 francs en consommation supplémentaire : mais à leur tour, les gens qui par suite de cette consommation supplémentaire, vont recevoir 80 francs de revenu supplémentaire (par exemple, les commerçants qui auront vendu les 80 francs de marchandises, ou bien les fabricants et les ouvriers qui auront produit ces marchandises, etc.), ces gens donc, en admettant qu'ils ont également une propension marginale à consommer égale à 0,8 vont, à leur tour, dépenser 80 % de leur revenu supplémentaire en biens de consommation : soit 64 francs. Ensuite, les gens qui auront reçu comme revenu ces 64 francs supplémentaires, vont dépenser 80 % de ceux-ci (soit un peu plus de 51 francs) en achats de consommation – et ainsi de suite. Ainsi donc, l'accroissement du revenu total du pays, (c'est-à-dire du revenu national), ne sera pas en fin de compte de 100 francs, mais de 100 francs + 80 francs + 64 francs + 51 francs + etc. Si l'on totalisait cette série, on s'apercevrait qu'elle atteint le montant de 500 francs ; en d'autres termes, il faut multiplier l'accroissement original du revenu par 5 pour trouver l'accroissement final de ce revenu. Comme le dit Keynes, le multiplicateur est de 5 [1].

Numériquement, le multiplicateur est l'inverse de la propension marginale à épargner : il est égal à 5, dans le cas que nous avons envisagé, parce que la propension marginale à épargner est de 0,2 ou de 1/5e. Si les gens avaient consommé seulement les deux tiers de leur accroissement de revenu, de telle sorte que la propension marginale à épargner ait été égale à 1/3, le multiplicateur aurait été de trois et l'accroissement du revenu total, finalement observé, aurait seulement atteint 300 francs. Ceci est évidemment de bon sens. Plus est petite la fraction de tout accroissement de revenu que les gens épargnent, plus est grand leur supplément de consommation et ainsi, plus est importante leur contribution à l'accroissement des revenus d'autrui. Et ainsi donc, plus est grand l'accroissement final du revenu de l'ensemble du pays. A la limite, si les gens consommaient la totalité de leur supplément de revenu, c'est-à-dire si la propension marginale à consommer était égale à 1 (et la propension marginale à épargner égale à 0) les revenus de l'ensemble du pays continueraient de s'accroître éternellement, parce que le multiplicateur serait infini. En fait, comme Keynes l'a souligné, la propension marginale à consommer est toujours inférieure à 1, si bien

---

1. La notion du multiplicateur a d'abord été établie par R. F. Kahn en 1931 ; Keynes l'a légèrement modifiée et en a fait l'une des bases de *la Théorie générale*.

LE MULTIPLICATEUR EN GRANDE-BRETAGNE

En pratique, en Grande-Bretagne, dans les années 1960, le multiplicateur est probablement assez faible. Il n'est sans doute pas supérieur à 2. Ceci résulte du fait que, dans les conditions actuelles, environ 1/4 ou 1/3 de tout accroissement du revenu est absorbé par les impôts directs ou indirects et que 1/5e environ de cet accroissement est consacré à des importations. Ainsi donc, il suffit que 10 livres sur 100 soient épargnées, lorsque le revenu augmente, pour que l'accroissement des achats de consommation qui en résulte, dès le début du processus de multiplication, soit non pas de 90 livres, mais de 40 ou de 50.

que le multiplicateur est d'une dimension limitée et que l'accroissement du revenu de la collectivité n'est pas infiniment grande.

Maintenant que nous disposons de ce concept nouveau du multiplicateur, revenons à la question de savoir comment l'épargne *désirée* et l'investissement *désiré* peuvent être équilibrés par la modification du revenu national. Supposons qu'au départ, il existe une situation d'équilibre : le niveau du revenu national est tel que le montant que les hommes d'affaires désirent consacrer à l'investissement est juste égal au montant que, de leur côté, les familles désirent épargner.

Supposons maintenant que pour une raison quelconque (telle que le développement d'un nouveau produit, ou une baisse dans le coût de l'argent que l'on peut emprunter), les hommes d'affaires décident soudainement d'accroître leurs dépenses d'investissement. L'équilibre entre l'investissement et l'épargne va être rompu. Au lieu de désirer investir des sommes exactement égales à celles que les familles épargnent, les hommes d'affaires essaient maintenant d'investir davantage. Que va-t-il se passer? Selon Keynes, l'accroissement des investissements va entraîner un accroissement du revenu national qui sera supérieur à l'investissement supplémentaire : savoir de combien, il sera supérieur dépend de la valeur du multiplicateur. Quand le revenu national augmente, le total des revenus des familles augmente de même et, de la sorte, la consommation totale et l'épargne totale augmentent toutes deux. Le revenu national s'accroît jusqu'à un point tel que l'épargne totale que les familles désirent réaliser, à partir de leurs revenus accrus, soit assez grande pour égaler le niveau le plus élevé d'investissement que les hommes d'affaires ont décidé d'entreprendre. Plus grand est le multiplicateur, plus important sera l'accroissement du revenu national qui se produira avant que l'épargne désirée soit de nouveau égale à l'investissement désiré et que l'équilibre soit rétabli.

Il est peut-être plus facile d'apercevoir exactement ce qui se produit, si l'on prend un exemple numérique simple. Comme nous l'avons déjà fait, nous allons désigner le revenu national par Y, la consommation par C, l'investissement par I, et l'épargne par S [1].

Supposons que nous partions d'une situation que l'on peut caractériser ainsi :

Valeur effective de Y = 100 livres
Valeur effective de C = 80 livres
Valeur effective de I = 20 livres
Valeur effective de S = 20 livres

Supposons également que ceci soit une situation en équilibre dans laquelle les hommes d'affaires désirent investir exactement les 20 livres qu'ils investissent et dans laquelle les familles ont une propension moyenne à consommer de 0,8 et par conséquent désirent épargner les 20 livres qu'elles épargnent. Maintenant, supposons que les hommes d'affaires

---

1. Par souci de simplicité, nous négligeons autant qu'il se peut, les complications observables dans l'économie réelle. Comme auparavant, nous supposons qu'il existe seulement deux types de dépenses (la consommation et l'investissement), et, ainsi, nous ne tenons aucun compte des complications qui résultent des dépenses gouvernementales et du commerce international, alors que les modifications qui surviennent dans ces deux domaines peuvent, en principe, affecter le niveau de la demande et de l'emploi au même titre que les changements dans la consommation et l'investissement. De même, nous ignorons autant que possible le problème résultant des délais d'ajustement : ainsi, par exemple, le fait que les dépenses d'investissement ne se modifient pas à l'instant même où les hommes d'affaires prennent leurs décisions, mais seulement après une série de délais variables selon les différents types d'investissement envisagés. Toutes ces complications peuvent être (et ont effectivement été) introduites dans les systèmes d'équations et il faut évidemment les prendre en considération lorsque l'on veut établir une prévision ou lorsque l'on veut exercer une influence sur le développement économique. Mais, ici, il est plus simple de les négliger.

en viennent à considérer l'avenir d'une façon plus optimiste et décident de porter leurs investissements à un total de 25 livres. Dans une première étape, ces 5 livres supplémentaires (de dépenses d'investissements) vont accroître les revenus de ceux qui fabriquent les biens d'investissement et l'accroissement sera de 5 livres, si bien que Y atteindra une valeur de 105 livres. En supposant que la propension marginale à consommer est (comme la propension moyenne à consommer) de 0,8, les gens vont désirer consacrer 4 livres sur 5 de leur revenu supplémentaire, à des dépenses de consommation et voudront épargner la livre restante. Ainsi, le tableau de ce que les gens vont essayer de faire se présente ainsi :

> Valeur effective de Y = 105 livres
> Valeur désirée de C =   84 livres
> Valeur désirée (et effective) de I = 25 livres
> Valeur désirée de S =   21 livres

Mais certains de ces désirs ne pourront pas être remplis. Si la valeur effective de l'investissement est de 25 livres, il faut que la valeur effective de l'épargne soit également de 25 livres : en pratique donc, les familles épargneront 25 livres et pourront seulement dépenser 80 livres en consommation. Ce qui se sera produit peut se décrire ainsi : les travailleurs des industries d'équipement auront, pendant la première étape de ce processus d'ajustement, épargné leur revenu supplémentaire sans le dépenser (soit parce qu'ils n'ont pas encore fait choix de ce qu'ils vont acheter, soit parce que les biens de consommation supplémentaires n'ont pas encore pu être fabriqués ou distribués jusque dans le commerce). La situation réelle sera donc en fait la suivante :

> Valeur effective de Y = 105 livres
> Valeur effective de C =   80 livres
> Valeur effective de I =   25 livres
> Valeur effective de S =   25 livres

Ceci n'est pas une situation d'équilibre : d'autres ajustements vont encore se produire. Au cours de la seconde phase, les travailleurs des industries d'équipement réussiront finalement à dépenser leurs 4 livres supplémentaires. Mais dans le même temps, le multiplicateur est entré en action : du seul fait que les dépenses de consommation se sont accrues de 4 livres, les revenus de ceux qui fabriquent les biens de consommation se sont accrus aussi de 4 livres. Ainsi, dans cette seconde étape, le tableau se présente de la sorte :

$$
\begin{aligned}
\text{Valeur effective de } Y &= 109 \text{ livres} \\
\text{Valeur effective de } C &= 84 \text{ livres} \\
\text{Valeur effective de } I &= 25 \text{ livres} \\
\text{Valeur effective de } S &= 25 \text{ livres}
\end{aligned}
$$

Mais maintenant que le revenu est une nouvelle fois accru jusqu'à atteindre 109 livres, les familles continuent de consacrer à leur consommation moins d'argent qu'elles ne le souhaiteraient. Elles dépensent en fait 84 livres, alors que, sur leur revenu total de 109 livres, elles désireraient dépenser (en supposant toujours que la propension à consommer soit de 0,8) un peu plus de 87 livres. De même, elles désirent seulement épargner un peu plus de 21 livres, alors qu'en fait elles en épargnent 25. Donc, la situation demeure déséquilibrée (quoique le déséquilibre soit moins grave que dans la phase précédente) et la demande de biens de consommation qui demeure insatisfaite va entraîner une nouvelle augmentation de leur production et, par conséquent, une nouvelle augmentation des revenus de ceux qui les produisent.

Et ainsi ce processus se poursuivra à travers des accroissements successifs des revenus et des dépenses, jusqu'à ce que les familles soient finalement en mesure de consommer le montant total qu'elles désirent effectivement consommer. Au bout du compte, le tableau final aura l'allure suivante :

$$
\begin{aligned}
\text{Valeur effective de } Y &= 125 \text{ livres} \\
\text{Valeur effective de } C &= 100 \text{ livres} \\
\text{Valeur effective de } I &= 25 \text{ livres} \\
\text{Valeur effective de } S &= 25 \text{ livres}
\end{aligned}
$$

A ce stade, les familles dépensent de nouveau 80 % de leur revenu total et elles épargnent 20 % (soit 25 livres), ce qui correspond à leur désir d'épargne. Maintenant que ce qu'elles désirent épargner est de nouveau égal à ce que les hommes d'affaires désirent investir, l'épargne et l'investissement, et par conséquent l'ensemble du système économique, sont de nouveau en équilibre. Mais pourquoi le nouveau niveau d'équilibre des revenus s'établit-il à 125 livres et non à quelqu'autre chiffre? Ceci résulte du fait que nous avons supposé une propension marginale à consommer égale à 0, 8 (et par conséquent, une propension marginale à épargner égale à 0,2 ou à 1/5e). Ceci veut dire que le multiplicateur était de 5 et que, par conséquent, l'accroissement total du revenu sera 5 fois supérieur à l'accroissement initial des dépenses d'investissement, lequel avait été fixé à 5 livres.

Jusqu'ici, nous avons discuté ce qui se produit quand l'équilibre initial est rompu par un *accroissement* de l'investissement, c'est-à-dire par une situation où les hommes d'affaires investissent plus que les ménages ne désirent épargner. Le même processus agit à l'inverse quand l'équilibre est rompu par une *réduction* des investissements. Supposons que, dans cette dernière hypothèse, les hommes d'affaires en viennent soudain à considérer de façon moins optimiste les perspectives qui s'offrent à eux et qu'ils réduisent leurs dépenses d'investissement de 5 livres. La première conséquence qui en résulte est que ceux qui fabriquent les usines et les machines vont constater que leur revenu a diminué de 5 livres. Si la situation d'équilibre était par exemple :

Valeur effective de Y = 100 livres
Valeur effective de C = 80 livres
Valeur effective de I = 20 livres
Valeur effective de S = 20 livres

alors, on va passer à la situation suivante :

Valeur effective de Y = 95 livres
Valeur effective de C = 80 livres
Valeur effective de I = 15 livres
Valeur effective de S = 15 livres

Dans cette situation, ce que les particuliers désireraient faire peut être représenté comme suit :

Valeur effective de Y = 95 livres
Valeur désirée de C = 76 livres
Valeur désirée (et effective) de I = 15 livres
Valeur désirée de S = 19 livres

La situation effective est en fait déséquilibrée puisque les ménages affectent 80 livres à leur consommation et épargnent seulement 15 livres, alors qu'ils désirent partager leur revenu total de 95 livres (en supposant toujours que la propension à consommer soit de 0,8) en 76 livres pour la consommation et 19 livres pour l'épargne.

Le processus va donc se poursuivre jusqu'à ce que soit établi un nouvel équilibre dans lequel

la valeur effective de Y sera égale à 75 livres
la valeur effective dc C sera égale à 60 livres
la valeur effective de I sera égale à 15 livres
la valeur effective de S sera égale à 15 livres

A ce stade, le revenu total est maintenant tombé à un niveau auquel les sommes que les familles désirent épargner sont égales à celles que les hommes d'affaires désirent investir. Comme dans le cas précédent, l'importance de la modification subie par le revenu total est déterminée par la valeur du multiplicateur et par le montant de la modification initiale qui s'est opérée dans les dépenses d'investissement : mais cette fois la modification était intervenue dans le sens de la baisse.

En suivant Keynes, nous avons supposé dans toute cette analyse, que ce sont les modifications (c'est-à-dire les hausses ou les baisses) de l'investissement qui perturbent l'équilibre existant. Cette hypothèse est confirmée par l'expérience, puisque celle-ci suggère que l'épargne et la consommation ne se modifient pas beaucoup de leur propre mouvement, et que ce sont les modifications dans l'investissement qui constituent l'élément le plus instable de l'économie. Mais si l'équilibre avait été perturbé par un changement de comportement des épargnants (ou, d'un autre point de vue, par une modification de l'attitude des consommateurs), l'analyse aurait néanmoins été la même.

L'emploi.

Il nous reste maintenant à préciser le lien qui existe entre les modifications du revenu national que nous venons de discuter et les modifications du niveau de l'emploi. Dans nos deux exemples, nous avons vu comment un accroissement (ou une réduction) relativement faible de l'investissement se traduisait finalement par un accroissement (ou une réduction) atteignant 25 % du revenu national. Quand le revenu national varie de 25 %, ceci n'entraîne pas nécessairement une variation de 25 %, dans l'emploi. Le nombre des travailleurs manuels dans une usine peut varier à peu près dans la même proportion que la production; en revanche, le nombre des techniciens et des employés ne varie pas exactement de la même manière, parce que beaucoup d'entre eux ont pratiquement le même travail à accomplir. Ainsi donc, l'emploi total se modifie sans doute moins fort que la production totale. Mais il s'agit là de complications qui n'affectent pas d'une façon substantielle notre analyse. Le point qui mérite d'être souligné, c'est que le niveau de l'emploi est déterminé par le niveau du revenu national, lequel, à son tour, est déterminé par les niveaux de la consommation et de l'investissement.

On peut partir d'une situation d'équilibre dans laquelle il existe un plein emploi, c'est-à-dire dans laquelle la consommation et l'investissement, et par conséquent le revenu national, sont d'une dimension telle que tous ceux qui désirent travailler réussissent à le faire. Mais s'il se produit alors une baisse de l'investissement, le revenu national et le volume de l'emploi vont descendre à un niveau permettant à l'épargne d'équilibrer ce niveau plus faible d'investissement. On peut alors se trouver dans un équilibre auquel correspond un important volume de chômage [1].

1. Naturellement il est possible que l'on parte d'un équilibre de plein emploi et qu'à partir de là, l'investissement *s'accroisse* et non pas *se réduise*. Dans ce cas le revenu national va aussi s'accroître (comme dans notre exemple). Mais comme il n'existe plus de chômeurs pouvant entrer en activité, le volume total de la production ne peut pas augmenter : l'accroissement du revenu national qui se produira résultera donc uniquement de la hausse des prix, c'est-à-dire de l'inflation. Évidemment, Keynes n'avait pas à se préoccuper d'une telle situation au cours des années 1930; en revanche, de telles éventualités ont été fréquemment observées pendant et après la seconde guerre mondiale.

Un tel équilibre – Keynes l'a souligné – peut se prolonger pendant des années et même durer éternellement. A moins que l'investissement (ou la consommation) s'accroisse et que, par l'effet du multiplicateur, le revenu national et le niveau de l'emploi soient relevés, un chômage très important peut se prolonger indéfiniment. Donc, si le gouvernement désire assurer le plein emploi, il lui faut soit persuader les hommes d'affaires d'accroître leurs investissements, soit encourager un accroissement de la consommation (par exemple, en réduisant les impôts) soit enfin entreprendre lui-même et à très large échelle, des travaux publics (et ici Keynes justifie enfin la thèse qu'il avait précédemment soutenue à ce sujet). Si le gouvernement agit de la sorte, et s'il apprécie correctement la valeur du multiplicateur, il pourra rétablir rapidement le plein emploi. S'il n'agit pas, le chômage persistera jusqu'à ce que l'investissement ou la consommation s'accroissent de leur propre mouvement, si l'un ou l'autre doit jamais s'accroître. En fait, si le gouvernement désire assurer le plein emploi, il doit donc accepter la responsabilité de *manipuler le niveau de la demande* de telle façon qu'il le rende inévitable. Le fait qu'une telle politique puisse entraîner des déficits budgétaires est, en soi, sans importance.

5. Le conflit entre Keynes et les classiques

Est-ce que l'épargne est automatiquement investie ?

On peut assister à une révolution et ne pas s'en rendre compte : c'est ce qui arrive souvent aux principales victimes. Les économistes orthodoxes ont continué de proposer leurs remèdes classiques après la publication de *la Théorie générale*, un peu à la manière de Louis XVI continuant à signer des décrets royaux après la chute de la Bastille. Ainsi, par exemple, le professeur Pigou qui était peut-être le représentant le plus distingué et le plus qualifié de la théorie classique, entre les deux guerres, ne fut pas impressionné par le livre de Keynes [1].

Pigou fit observer ironiquement : « Einstein a fait pour la physique ce que M. Keynes pense avoir lui-même accompli pour l'économie. Il a présenté une généralisation à longue portée dans laquelle les résultats établis par Newton peuvent être présentés comme un cas particulier [2]. » En clair, le professeur Pigou ne voulut pas admettre que les théories qu'il avait proposées et enrichies pendant toute sa vie, pouvaient subir le même sort que celles de Newton. Néanmoins, c'est plus ou moins ce qui est arrivé. Regardons, en effet, en quoi la théorie de Keynes diffère de la théorie classique et voyons notamment quelles conséquences ces différences entraînaient en matière de politique économique.

1. On entend par théorie classique l'économie fondée par Adam Smith et Ricardo et développée ensuite par Stuart Mill, Alfred Marshall et beaucoup d'autres.
2. *Économica*, mai 1936.

l'approche monétaire p 128 26 nov.
le recul du Keynesianisme p 141 3 déc.

Bien qu'ils n'utilisent pas le même langage que Keynes, les économistes classiques ont, néanmoins, été parfaitement conscients d'un point très important : quand il y a plein emploi, l'ensemble de la production que l'économie est capable de fournir en tournant à pleine capacité, doit finalement trouver preneur. Autrement dit, l'ensemble du revenu procuré par une économie tournant à plein régime, doit être dépensé en consommation ou en investissement ; ou de façon plus précise, toute l'épargne (c'est-à-dire la partie du revenu total qui n'est pas affectée à la consommation) doit être investie.

En effet, il en allait ainsi, au début du XIXe siècle, à l'époque où la théorie classique a pris naissance. A cette époque, l'épargne était formée, pour l'essentiel, par les profits que les fermiers, les négociants et les fabricants pouvaient conserver après avoir satisfait à leurs besoins et à ceux de leur famille. Ces profits étaient habituellement réinvestis tout entiers dans leurs propres affaires, afin d'étendre celles-ci ; donc l'épargne était automatiquement investie. Réalisés par les mêmes personnes, l'épargne et l'investissement pouvaient difficilement être distingués comme deux activités séparées. La conviction que l'épargne est automatiquement investie est exprimée avec beaucoup de force dans l'œuvre de Ricardo et de ses successeurs immédiats, et il n'y a aucune raison de douter que ce qu'ils disaient ne fût pas entièrement vrai, à l'époque où ils le disaient. Du même coup, comme tout ce qui était épargné était automatiquement investi, le plein emploi demeurait (sauf pendant les interruptions occasionnelles dues au cycle) une caractéristique permanente de l'économie. La différence entre Keynes et les économistes classiques tient à ceci : tandis que ces derniers pensaient à une telle situation comme à un état de choses normal et universel, lui n'y voyait qu'un cas particulier.

Les premiers économistes classiques se contentaient, dans l'ensemble, d'affirmer simplement que l'épargne était automatiquement investie. Leurs successeurs sont allés bien au-delà et ont soutenu qu'il y avait dans l'économie, certaines forces qui rendaient inévitable que la totalité de l'épargne soit investie, lorsque la production correspondait à un plein emploi[1]. Si ces économistes ont pris une telle position, c'est parce que, tout au long du XIXe siècle, une distinction de plus en plus nette à commencé de se faire jour entre ceux qui avaient à décider des investissements, et ceux qui étaient en mesure d'épargner. Les petits fabricants ou les petits commerçants qui pouvaient seulement étendre leurs affaires en y remployant l'épargne qu'ils avaient pu constituer par eux-mêmes, sont devenus de moins en moins typiques. A leur place, ont commencé à émerger de beaucoup plus grosses entreprises, possédées non plus par ceux qui les dirigeaient, mais par un grand nombre d'actionnaires qui, en pratique, avaient fort peu à dire dans les décisions de l'entreprise. De plus en plus, ce fut l'affaire des dirigeants de se prononcer sur les projets d'investissement ; de plus en plus, ce fut l'affaire des classes moyennes (dont l'effectif croissait) et même d'une partie des classes laborieuses de décider de l'épargne à réaliser. Le lien très étroit qui existait auparavant entre l'épargne et l'investissement avait été rompu ; désormais, ce n'était plus une seule et même activité régie par les mêmes personnes[2].

L'épargne et l'investissement devaient s'égaliser, disaient les derniers économistes classiques, par l'effet des modifications du taux d'intérêt. Leur argument, si on le présente de façon brutale et simplifiée, est à peu près le suivant : supposons que l'on parte d'une situation d'équilibre dans laquelle l'économie tourne à plein régime et dans laquelle les sommes que les gens épargnent sont juste égales à celles que les hommes d'affaires investissent. Supposons maintenant que, pour une raison quelconque, les gens décident d'épargner une proportion plus grande de leur revenu ou encore que les hommes d'affaires décident de réduire leurs investissements. Est-ce que ceci va signifier qu'une partie de l'épargne

1. Les poussées occasionnelles de chômage correspondant à la phase descendante du cycle étaient écartées, comme le dit John Stuart Mill, comme un « dérangement temporaire du marché » qui n'altère pas réellement le fait que les forces à l'œuvre dans l'économie font du plein emploi l'état normal des choses.
2. Ceci ne veut pas dire que l'ensemble de l'investissement est aujourd'hui accompli par les entreprises et que l'ensemble de l'épargne est le fait des seules familles. La situation est plus complexe. Mais en la simplifiant de la sorte on saisit mieux l'argument essentiel.

ne pourra plus trouver un débouché dans l'investissement ?
Et est-ce que cet excès de l'épargne sur l'investissement
va conduire à une chute dans la production et dans l'emploi,
exactement comme Malthus le craignait? Non, répondent
les économistes classiques, si l'épargne tend à dépasser
l'investissement, c'est-à-dire si *l'offre* de « fonds prêtables »
tend à dépasser la *demande* de fonds à emprunter, alors le
taux d'intérêt va descendre jusqu'à ce que l'épargne et
l'investissement retrouvent leur équilibre. En effet, le
taux d'intérêt est le prix de ces fonds prêtables, le prix
que l'on paye pour les emprunter ou que l'on reçoit pour
les prêter. Si l'offre de ces fonds est plus grande que la
demande il se passera ce qui se passe toujours quand,
pour n'importe quelle marchandise, l'offre excède la demande,
le prix (ici : le taux d'intérêt) tombera. Cette baisse du taux
d'intérêt a un double effet. Elle stimule l'investissement
parce que certains projets qui ne semblaient pas profitables
auparavant vont le devenir maintenant que l'argent peut
être emprunté à meilleur compte; et elle va tendre à décou-
rager l'épargne puisque le rendement de cette épargne sera
plus faible.

Ainsi, le taux de l'intérêt est un mécanisme qui assure
automatiquement que, quel que soit le niveau de l'épargne
engendrée dans une économie tournant à plein régime, cette
épargne sera investie.

On peut exprimer ceci d'une autre manière. Supposons
de nouveau une position d'équilibre dans laquelle l'économie
tourne à plein régime et dans laquelle l'épargne réalisée
par les gens est juste égale aux investissements réalisés par
les hommes d'affaires. Que se passe-t-il si les gens décident
de réduire leur consommation? Est-ce que ceci ne va pas
entraîner une chute de la production et de l'emploi? Non,
répondent les classiques : une chute de la consommation
entraîne un accroissement de l'épargne et un accroissement
de l'épargne (c'est-à-dire un accroissement de l'offre de
fonds prêtables) va conduire à une baisse des taux d'intérêt
et ainsi à un accroissement de l'investissement. Donc, toute
réduction de la consommation va se traduire finalement
par un accroissement exactement égal de l'investissement.
Et comme la consommation et l'investissement pris ensemble

constituent le revenu national, celui-ci – et par conséquent
avec lui le niveau de l'emploi – restera inchangé. De la
même manière, toute baisse de l'investissement sera corrigée
par un accroissement correspondant de la consommation
et le revenu national sera toujours inchangé. En bref,
estiment les classiques, le plein emploi est l'état normal
des choses. Le plein emploi existe, pourvu que toute l'épargne
engendrée par une économie tournant à plein régime soit
investie et le taux d'intérêt est un mécanisme qui garantit
qu'il en sera bien ainsi. De même qu'une baisse du niveau
de l'eau dans une citerne peut déclencher une valve qui
mettra en mouvement une pompe chargée de rétablir le
niveau antérieur, de même, lorsqu'une économie s'écarte
du plein emploi, ceci agira sur le taux d'intérêt et mettra
en mouvement des forces qui rétabliront ce plein emploi.

Le point de vue de Keynes.

Cette théorie classique est simple, élégante et tout à fait
plausible. Malheureusement, dit Keynes, elle est aussi
complètement fausse. La principale raison pour laquelle
elle est fausse, c'est qu'elle ne voit pas l'énorme différence
qui peut exister, dans certaines circonstances, entre deux
choses : ce que les gens *désirent* épargner et ce qu'ils épargnent *effectivement*. Jetons un nouveau coup d'œil sur
l'exemple que nous avons précédemment donné : une
situation en équilibre de plein emploi dans laquelle ce que
les familles désirent épargner (et épargnent en fait) est
exactement identique à ce que les hommes d'affaires désirent
investir (et investissent effectivement); supposons, en outre,
que les gens épargnent (et que les hommes d'affaires investissent) au total 20 % du revenu national. Si, à partir de là,
des familles décident, pour une raison quelconque, de porter
leur épargne à 25 % de leur revenu, la théorie classique
suppose que cette épargne supplémentaire va effectivement
être réalisée et va entraîner une baisse du taux d'intérêt
et un accroissement corrélatif de l'investissement. Mais en
pratique, dit Keynes, cette épargne supplémentaire *ne va pas*
se réaliser effectivement. En effet, pour accroître leur épargne,

les gens devront réduire leur consommation et cette réduction entraînera une baisse des revenus de ceux qui fabriquent les biens de consommation. Ceux-ci à leur tour, devront réduire leurs dépenses, ce qui entraînera des répercussions ultérieures sur le revenu des autres. Et ainsi de suite, conformément à l'analyse du multiplicateur. Si, néanmoins, les gens s'en tiennent toujours à leur nouvelle décision d'épargner 25 % de leur revenu, le revenu national va descendre (en supposant que l'investissement, de son côté, reste inchangé) jusqu'aux 4/5 de son niveau antérieur, car ce sera là le seul niveau de revenu où ce que les familles désirent épargner est égal à ce que les hommes d'affaires désirent investir. Pour le dire sous la forme d'un exemple numérique, la situation de départ était la suivante :

$$\text{Valeur effective de } Y = 100 \text{ livres}$$
$$\text{Valeur effective de } C = 80 \text{ livres}$$
$$\text{Valeur effective de } I = 20 \text{ livres}$$
$$\text{Valeur effective de } S = 20 \text{ livres}$$

A ce moment, les gens se contentaient d'une situation dans laquelle ils épargnaient 20 % de leur revenu. Puis ils décident de porter leur épargne à 25 % du revenu. Mais ceci entraîne une baisse successive de la consommation et du revenu jusqu'à ce qu'un nouvel équilibre soit atteint dans lequel on aura :

$$\text{Valeur effective de } Y = 80 \text{ livres}$$
$$\text{Valeur effective de } C = 60 \text{ livres}$$
$$\text{Valeur effective de } I = 20 \text{ livres}$$
$$\text{Valeur effective de } S = 20 \text{ livres}$$

Il est vrai qu'ainsi, les gens ont réussi, comme ils le voulaient, à épargner 25 % de leur revenu. Mais ceci a été réalisé non pas parce que leur épargne totale s'est accrue, mais parce que leur revenu a diminué. Le *montant* qu'ils épargnent est le même qu'auparavant : c'est leur revenu qui a diminué de 20 %. Cette chute du revenu national s'accompagnera évidemment d'une sévère réduction de l'emploi, si bien que le nouvel équilibre qui s'établira comportera un chômage très important.

En pratique, dit Keynes, la position finale sera probablement plus mauvaise encore, car dans une situation où
le revenu baisse, il est peu probable que l'investissement
puisse se maintenir à son niveau antérieur. Si l'on suppose
que ce dernier est diminué d'un quart (et que les particuliers
persistent, néanmoins, dans leur désir d'épargner 25 % de
leur revenu) la position finale sera celle-ci :

Valeur effective de Y = 60 livres
Valeur effective de C = 45 livres
Valeur effective de I = 15 livres
Valeur effective de S = 15 livres

Une fois de plus, les gens auront réussi à épargner 25 %
de leur revenu, mais pendant ce temps, le revenu national
aura baissé de façon catastrophique de 40 % et le chômage
aura probablement augmenté, jusqu'à concerner 20 à 25 %
de la force de travail; et l'économie demeurera dans cette
situation jusqu'à ce que la consommation ou l'investissement
se mette à croître de nouveau.

Ainsi donc, a pu conclure Keynes, la théorie classique
nous fournit un tableau tout à fait inexact de la façon dont
l'économie réagit à une tentative destinée à accroître l'épargne ou à réduire l'investissement. De telles tentatives n'entraînent pas des changements du taux de l'intérêt qui pré-
serveraient automatiquement le plein emploi. Au contraire,
elles conduisent à une baisse de revenu et à un accroissement
du chômage.

Keynes n'était pas seulement en désaccord avec cette
partie essentielle de la théorie classique : il s'en éloignait
également sur un autre point moins important : les modifications du taux de l'intérêt et les effets que ces modifications peuvent entraîner. Il est exact, disait-il, que le taux
d'intérêt baisse pendant la phase descendante du cycle, mais
ce n'est pas parce que l'offre de fonds prêtables excède la
demande; c'est principalement en raison de modifications
dans la préférence pour la liquidité.

Quand le revenu national diminue, le besoin de monnaie
pour satisfaire le motif de transaction diminue également.
Ceci signifie que la préférence pour la liquidité diminue.
En supposant que, de son côté, l'offre de monnaie demeure

inchangée, le taux d'intérêt baissera. Cependant, cette baisse du taux d'intérêt ne va pas nécessairement entraîner une importante hausse des investissements. En se fiant à leurs expériences antérieures, les gens ne s'attendent pas à ce que le taux d'intérêt descende en dessous de 2 % environ, et pour cette raison, le taux ne descend effectivement pas en dessous de 2 %, même si le gouvernement accroît l'offre de monnaie. Et à une époque où les perspectives des affaires sont médiocres, où il existe une capacité de production sous-employée, la possibilité d'emprunter de l'argent à 2 % peut fort bien ne pas inciter les hommes d'affaires à accroître leurs investissements. D'autre part, une baisse du taux d'intérêt jusqu'au niveau de 2 % ou environ ne va pas davantage entraîner une réduction de l'épargne et un accroissement de la consommation, comme le pensaient les classiques (en se fondant sur le fait que, maintenant que l'épargne est devenue peu rentable, les gens vont plutôt dépenser leur argent). L'épargne diminuera probablement mais ce ne sera pas à cause de la baisse du taux d'intérêt : l'épargne diminuera, comme diminuera la consommation, parce que les revenus baisseront.

Des salaires qui baissent, un emploi qui augmente ?

La discussion qui précède a montré quelle était la différence vraiment essentielle entre les théories keynésiennes et classiques. Mais il y a aussi un autre aspect du système classique qui, tout en ayant une importance théorique moindre que l'analyse en termes d'épargne et d'investissement, entraînait pourtant des conséquences plus importantes encore, dans la période d'entre deux-guerres. C'était la croyance classique selon laquelle, à côté de la flexibilité du taux d'intérêt, la flexibilité du taux des salaires est également de nature à entraîner un plein emploi permanent. Selon cette théorie, si l'on s'écartait du plein emploi, la concurrence entre les chômeurs, pour les emplois disponibles, était de nature à faire baisser les salaires. Et, avec des salaires plus bas, du travail pourrait être donné à plus d'hommes. Si par hasard, le chômage persistait néanmoins, ce ne pouvait être que parce que quelque chose (par exemple, la puissance des syndicats) empêchait la chute *nécessaire* du taux des salaires. Si, donc, on voulait accroître l'emploi, il fallait que les syndicats acceptent des baisses de salaire.

Cette doctrine [1] est devenue l'une des victimes les plus célèbres de *la Théorie générale*. Ceci est d'autant plus remarquable que l'on est aujourd'hui enclin à penser qu'en donnant l'assaut à cette partie de la théorie classique alors en vigueur, Keynes s'est lui-même handicapé. En effet, il a commencé par admettre que la loi des rendements décroissants, comme la théorie de la productivité marginale, s'appliquaient bien aux circonstances qu'il étudiait. Autrement dit, il admettait que, quand la production et l'emploi s'accroissent à court terme, la production s'accroîtra moins que l'emploi, si bien que chaque ouvrier supplémentaire produira moins que celui qui a été embauché avant lui, et que la production moyenne par homme va donc diminuer [2].

De même, il admettait que, grosso modo, il était vrai que le dernier homme embauché serait payé à un salaire correspondant à la valeur de la production qu'il produirait, et que, comme la concurrence agit de façon assez effective et qu'un travailleur doit être payé au même tarif que les autres, ceci signifierait que tous les travailleurs seraient payés à peu près au même salaire que le dernier embauché.

Ainsi donc, si l'on est d'accord avec ces deux propositions, on doit logiquement admettre aussi que l'augmentation

1. On peut la considérer comme un enfant de la loi des rendements décroissants et de la théorie de la productivité marginale (voir chapitre 2); elle a été propagée entre les deux guerres par des économistes aussi éminents que Pigou et Robbins (voir chapitre 3).

2. Aujourd'hui, on est plutôt enclin à penser le contraire : on estime que, quand la production et l'emploi s'accroissent à court terme (à partir d'une situation initiale dans laquelle le chômage affecte 10 ou 15 % de la main-d'œuvre, ce qui était bien le cas que les économistes des années 1920 et 1930 avaient en vue), la production va s'accroître *plus* que l'emploi et la production moyenne par homme (c'est-à-dire la productivité) va augmenter. On estime qu'il en va de la sorte parce que, dans une économie complexe et dotée d'un important équipement en capital, la proportion des travailleurs « non productifs » (techniciens et employés) tend à être relativement élevée et que, à court terme, la quantité des travailleurs « non productifs » qui est nécessaire, est plus ou moins stable, quel que soit le niveau de la production. Si Keynes avait admis ce point de vue, sa tâche aurait été plus facile, mais son argument serait néanmoins demeuré fondamentalement le même.

de l'emploi doit s'accompagner d'une baisse du salaire moyen. En général, la logique de Keynes était plutôt solide et il était donc d'accord avec ceci. Mais disait-il, les classiques ont saisi cette question *tout à fait à l'envers*. On ne peut pas réduire le taux des salaires et obtenir *par suite de cela* un accroissement de l'emploi. La vérité est exactement à l'inverse. On doit d'abord se donner comme objectif d'obtenir un accroissement de l'emploi ; et ceci sera de nature à entraîner une baisse du salaire moyen.

Salaires réels et salaires nominaux[1].

L'argument de Keynes peut se réduire à deux points : le fait que la consommation est déterminée par le revenu ; et la différence entre les salaires *nominaux* et les salaires *réels*. Le premier de ces deux points a été discuté dans le chapitre précédent ; le second est probablement familier aux lecteurs d'aujourd'hui, mais mérite sans doute d'être brièvement rappelé. Le salaire *réel* représente le volume de marchandises qu'un salarié peut se procurer avec ce que lui apporte son bulletin de paye. Quoique l'on écrive sur son bulletin de paye, on peut dire qu'il bénéficie d'un accroissement de son salaire réel, seulement s'il peut acheter *plus* de marchandises qu'auparavant. En d'autres termes, un accroissement de son salaire *nominal* (c'est-à-dire un accroissement de son salaire exprimé *en monnaie*) ne correspond à un accroissement de son salaire réel que si les prix restent inchangés de telle façon que la monnaie supplémentaire lui permette réellement d'acheter quelque chose. Une hausse de 10 % du salaire nominal équivaut à une hausse de 10 % du salaire réel, si les prix restent stables ; mais si les prix augmentent de 4 %, le salaire réel augmente seulement de 6 % et si les prix augmentent de 10 % le salaire réel demeure inchangé. (Et réciproquement, en cas de baisse des salaires nominaux).

---

1. Dans tout le passage qui va suivre (et sauf lorsque l'indication contraire sera donnée) nous allons parler des salaires *par tête*, c'est-à-dire du salaire moyen et non pas des salaires totaux qui sont payés dans l'ensemble de l'économie.

Selon Keynes, les classiques ont eu quelques difficultés à cet endroit, principalement parce qu'ils n'ont pas réussi à comprendre la distinction entre les salaires nominaux et les salaires réels.

Il est probablement exact, dit Keynes, que si les salaires sont réduits, dans une entreprise ou dans une industrie, il y aura un accroissement de l'emploi pour les travailleurs intéressés par cette entreprise ou cette industrie. Supposons que les salaires nominaux des ouvriers de la chaussure soient diminués de 20 % par exemple et que ceci entraîne (comme il est probable, étant donné la façon dont les entreprises semblent établir le prix de leur produit), une réduction de 20 % du prix des chaussures. Les revenus de tous ceux qui, dans l'économie, ne sont pas employés à la fabrication des chaussures, seront à peine affectés par la baisse des sommes que les ouvriers de la chaussure peuvent consacrer à la consommation, et maintenant que les chaussures sont de 20 % meilleur marché, l'ensemble du pays achètera plus de chaussures. Donc l'emploi des ouvriers de cette industrie va augmenter. On aura assisté à une baisse du salaire réel des ouvriers de la chaussure en même temps qu'à une baisse de leurs salaires nominaux, puisque tous les prix, (excepté celui des chaussures) seront demeurés stables, tandis que les salaires nominaux des ouvriers de la chaussure auront baissé de 20 %. Ainsi, l'accroissement de l'emploi des ouvriers dans l'industrie de la chaussure se sera accompagné d'une baisse de leur salaire réel, ainsi qu'il était nécessaire, comme l'estiment à la fois Keynes et les classiques.

Mais les classiques pensaient que ce qui était vrai des ouvriers de la chaussure, était vrai également de tous les autres; Keynes ne le pensait pas. Ce qui est vrai de la partie, disait-il, n'est pas nécessairement vrai pour le tout. Si les salaires nominaux de *tous les salariés* sont réduits de 20 %, il n'y a aucune raison de s'attendre à un accroissement de l'emploi. Si, en effet, comme dans l'exemple qui vient d'être donné, une baisse de 20 % des salaires nominaux entraîne une baisse de 20 % du prix de ce qu'ils produisent, alors, la généralisation de cette baisse de 20 % à l'ensemble des salaires va entraîner une baisse de 20 % de l'ensemble des prix. Ainsi donc, les salaires réels resteront inchangés. Et si les salaires réels restent inchangés, alors – même en se référant aux lois de l'économie classique – on doit bien admettre que l'emploi restera lui-même inchangé. On peut dire encore, en s'appuyant sur le sens commun, que si les salaires réels sont inchangés, il n'y a aucune raison de s'attendre à un changement quelconque dans les sommes que les familles peuvent dépenser pour leur consommation, ni dans celles que les chefs d'entreprises peuvent consacrer à l'investissement. En fait, il n'y aura donc aucune modification dans la production et par conséquent, aucun changement non plus dans l'emploi [1].

Il n'y aurait donc eu aucun changement réel dans l'ensemble de l'économie. Ceci constitue d'ailleurs l'hypothèse la plus simple et, d'après Keynes, la plus favorable. En pratique, ce qui se passerait serait beaucoup plus complexe, et probablement moins souhaitable. Keynes a envisagé beaucoup de choses qui pourraient survenir ou non dans sa *Théorie générale*, et ensuite il s'est trouvé engagé, à ce propos, dans une longue série de disputes, avec Pigou, disputes qui durèrent jusque dans les années 1940. Cependant, il n'est pas nécessaire de s'arrêter à tous ces détails. L'essentiel est de retenir que, comme Keynes l'apercevait bien, la consommation des salariés dépend de leurs revenus : si leurs revenus sont réduits, ils devront réduire leur consommation. Bien qu'il soit possible comme dans l'exemple précédent, que les prix puissent baisser (d'une façon telle qu'une réduction des gains monétaires et donc des dépenses monétaires puisse néanmoins s'accompagner du maintien du même niveau réel de consommation), il est beaucoup plus probable que les prix baisseront moins que les salaires nominaux et qu'il y aura de ce fait une réduction à la fois du salaire *réel*, et de la consommation *réelle*.

Et pour le dire d'une autre manière, il est probable que le total des revenus non salariaux va diminuer moins que le total des salaires, si bien que l'on assistera à une redistri-

1. En pratique, il y aurait un certain accroissement de la production et de l'emploi parce qu'une catégorie de la demande s'accroîtrait : la demande pour l'exportation. En effet, en supposant qu'il existe un taux de change fixe, les exportations seraient maintenant de 20 % moins cher pour les acheteurs étrangers. Cependant, nous pouvons ici négliger ce cas particulier.

bution du revenu national au détriment des salariés et au bénéfice de ceux dont les revenus sont constitués par des dividendes, des intérêts et des rentes. Comme cette dernière catégorie a généralement une propension à consommer plus faible que celle des salariés, ce transfert se traduira finalement par une baisse de la consommation.

Bien qu'elle puisse théoriquement laisser la production et l'emploi inchangés, une réduction générale des salaires nominaux est en fait de nature à entraîner probablement une certaine réduction du salaire réel et de la consommation et, par conséquent, elle est de nature à entraîner par l'effet du multiplicateur, une baisse ultérieure de la demande, de la production et de l'emploi. Keynes conclut donc que le remède classique qui consiste à réduire les salaires laisserait au mieux le chômage inchangé.

Mais au pire, le remède classique entraînerait non pas un accroissement mais une réduction de l'emploi, parce que le facteur qui détermine la production et l'emploi est la demande effective et qu'une baisse des salaires réels entraînerait une baisse de la consommation qui est l'élément principal de la demande effective.

Cette partie de l'argumentation de Keynes a provoqué une contre-attaque des partisans de la tradition classique. L'objection la plus spécifique a d'abord été formulée par Pigou ; ultérieurement, elle a été reprise et développée par un groupe d'économistes américains que l'on désigne parfois sous le nom d'École de Chicago.

Leur objection est que Keynes n'a pas pris en compte ce qu'ils appellent « l'effet de richesse » (wealth effect) entraîné par une réduction des salaires nominaux. Quand ceux-ci diminuent, les prix diminuent de même et la baisse de ces derniers provoque un accroissement de la valeur réelle de toutes les sommes de monnaie disponibles. Ainsi donc, les gens riches disposant d'importantes disponibilités monétaires vont se trouver plus riches encore (si l'on considère le pouvoir d'achat réel de la monnaie qu'ils détiennent) et ils vont accroître leur consommation. Cet accroissement de la consommation serait de nature à augmenter suffisamment la demande effective pour restaurer le plein emploi dans l'économie.

Dans sa forme extrême, c'est-à-dire lorsqu'il se propose de démontrer que l'économie est effectivement capable de retrouver un équilibre de plein emploi, par son propre mouvement, pourvu que les salaires et les prix soient suffisamment flexibles à la baisse, cet argument de l'École de Chicago ne peut pas sérieusement retenir l'attention. Personne n'a jamais réussi à fournir aucun exemple pratique évident (ni aucune raison théorique parfaitement démonstrative) qui permette de penser que l'effet de richesse sera non seulement capable de compenser la baisse de la demande effective qui suivra la réduction des salaires réels, mais aussi apte à engendrer une expansion suffisante pour rétablir le plein emploi. Même dans sa forme atténuée, l'argument demeure suspect. Il revient à dire que l'effet de richesse compense, au moins en partie, l'action dépressive qu'une baisse des salaires réels exerce sur la consommation. Mais, il n'est pas du tout évident qu'un accroissement de la valeur réelle des disponibilités monétaires puisse entraîner les propriétaires de ces disponibilités à accroître d'une façon significative leur propre consommation.

Il ne semble donc pas que les critiques adressées à Keynes en s'appuyant sur l'argument de l'effet de richesse, aient une bien grande portée. Il reste néanmoins un autre point de la théorie keynésienne qui peut laisser perplexe et qu'il faut donc préciser. Comme nous l'avons vu, Keynes était d'accord avec les classiques, (et nous dirions aujourd'hui que l'accord n'était nullement nécessaire sur ce point) pour considérer que le passage d'une situation dans laquelle le chômage frappe 10 % de la population active, à une situation de plein emploi, doit s'accompagner d'une réduction du salaire réel moyen, c'est-à-dire de la quantité de marchandises que le travailleur moyen peut acheter avec son salaire. Mais Keynes déclare également qu'une réduction du salaire réel ou bien ne peut pas être atteinte (parce que les prix baissent autant que les salaires nominaux) ou bien si elle peut être atteinte, est de nature à entraîner non pas un accroissement, mais une baisse de l'emploi. Comment peut-on expliquer cette apparente contradiction?

La réponse est que Keynes demandait aux économistes de son temps un effort intellectuel un peu comparable à

L'ÉCOLE DE CHICAGO CONTRE KEYNES

Cette école soutient que le plein emploi ne dépend pas de la demande effective (telle qu'elle est déterminée par la consommation et l'investissement) mais bien de **la quantité de monnaie** qui est créée par le système bancaire. Son argument semble plutôt confus. Les changements dans la quantité de monnaie peuvent certainement affecter la consommation et l'investissement, et ils les affectent de différentes manières que Keynes ne s'est pas employé à discuter en détail. Un resserrement du crédit, au cours duquel les banques commerciales sont forcées de réduire les découverts accordés à leurs clients, affectera probablement, à la fois, les dépenses des consommateurs et les dépenses d'investissement des petites entreprises qui dépendent du crédit bancaire : en fait, on peut même penser que cette soudaine indisponibilité du crédit bancaire va réduire plus efficacement l'investissement que le taux (élevé) d'intérêt auquel Keynes a peut-être consacré une attention excessive.

Mais rien de tout ceci n'affecte l'argument fondamental de Keynes suivant lequel le niveau de l'emploi dépend du niveau de la demande effective qui à son tour dépend de la consommation et de l'investissement (ainsi que des exportations et des dépenses gouvernementales). **La façon exacte dont,** selon l'opinion des économistes de l'École de Chicago, **les modifications de la quantité de monnaie sont sensées agir sur l'économie autrement que par les composantes de la demande effective** (qui ont retenu toute l'attention de Keynes) **demeure plutôt obscure.** C'est peut-être pour cette raison que ceux des économistes qui ont été convaincus par les œuvres de l'École de Chicago, demeurent relativement peu nombreux [1].

1. Il faut toutefois noter que Milton Friedman, leader de cette école, est devenu en 1968 conseiller économique du président Nixon. (*N.d.É.*)

celui que Copernic avait demandé aux savants de son époque. Le témoignage de nos sens, disait Copernic à ses contemporains s'accorde bien avec votre théorie, selon laquelle le soleil tourne autour de la terre et vous avez tiré de cette théorie maintes déductions. Mais le témoignage de nos sens peut également s'accorder avec une autre théorie, selon laquelle la terre tourne autour du soleil. Cette dernière théorie est correcte et, par conséquent, vos déductions sont inexactes Il en va de même pour notre problème. Keynes et les classiques étaient d'accord pour observer que l'accroissement de l'emploi et la baisse du taux de salaire réel sont généralement associés. Cette observation s'accorde avec la théorie classique, selon laquelle ce sont les salaires réels qui déterminent le niveau de l'emploi et les classiques déduisent de cette théorie que l'on doit *d'abord* réduire les salaires réels afin de provoquer un accroissement de l'emploi. Keynes pour sa part, estime que les mêmes faits s'accordent bien avec sa propre théorie, selon laquelle c'est le niveau de l'emploi qui détermine les salaires réels. Comme cette théorie est correcte, il en résulte que la déduction tirée par les économistes classiques est fausse : la bonne déduction à faire est que l'on doit tout d'abord accroître le niveau de l'emploi et que ceci entraînera *ultérieurement* une baisse de salaire réel.

Nous avons déjà vu comment Keynes proposait d'agir pour accroître le niveau de l'emploi : il faut inciter les chefs d'entreprises à accroître leurs investissements ou encourager les familles (par exemple en réduisant les impôts) à dépenser plus pour leur consommation ou enfin le gouvernement lui-même doit accroître ses propres dépenses, (par exemple, pour financer les investissements collectifs). Si la loi des rendements décroissants et la théorie de la productivité marginale sont toutes deux exactes et toutes deux agissantes (comme Keynes et les classiques le pensent), alors cet accroissement de l'emploi va entraîner une baisse des salaires réels car, à mesure que l'emploi va s'accroître, la production augmentera, mais de façon moins que proportionnelle et les coûts par unité de production vont donc s'élever. Les coûts croissants vont entraîner une hausse des prix et de la sorte, comme les salaires nominaux ne vont pas s'élever beaucoup, si même ils s'élèvent, on assistera bien à une baisse des salaires réels [1].

---

1. Naturellement, la baisse des salaires réels (c'est-à-dire des salaires réels par tête, pour ceux qui ont un emploi) est plus que compensée par l'accroissement du nombre des salariés ayant un emploi et c'est pourquoi la consommation *totale* s'accroît malgré tout. On va ainsi aboutir finalement au plein emploi et à des salaires réels réduits c'est-à-dire très précisément

La théorie classique est un cas particulier.

Ce n'est pas par hasard que Keynes a décrit sa propre théorie comme une théorie *générale* [1]. Selon lui, elle analyse la façon dont le niveau de l'emploi est déterminé, et cette analyse est applicable, à quelques détails près, à toute économie quelle que soit la forme de son organisation ou le niveau de son développement. Keynes pensait par ailleurs que la théorie classique était valable seulement dans le cas particulier d'une économie où, en régime de plein emploi, tout ce qui est épargné est automatiquement investi. Dans tous les cas où cette condition particulière est satisfaite. Keynes considère que l'analyse classique est parfaitement correcte : c'est ainsi par exemple qu'il n'a jamais discuté l'analyse classique de la formation du prix d'une marchandise donnée ou d'un facteur de production; ni non plus l'analyse de ce qui détermine le partage du revenu national entre les salaires, les profits et les rentes. L'erreur principale des économistes classiques, selon Keynes, résulte du fait qu'ils ont supposé, et même essayé de prouver, que le cas *particulier* était en fait le cas *normal*. Ils se sont ainsi formé une idée tout à fait fausse de la façon dont fonctionne l'économie au xxᵉ siècle et ceci les a conduit à donner aux gouvernements des conseils exactement opposés à ce qui eut été souhaitable.

Quand il devient clair qu'une théorie dont chacun avait pensé qu'elle avait une validité universelle, ne s'applique en fait que dans certaines conditions particulières, qui d'ailleurs n'existent plus présentement, il est évident qu'un bon nombre de notions acceptées jusque-là doivent être soumises à révision. Trois des changements soudain devenus nécessaires, valent peut-être la peine d'être mentionnés ici.

à ce que les classiques espéraient atteindre. Mais, on sera arrivé à cet objectif parce que l'on aura commencé par accroître l'emploi, la baisse des salaires réels venant ensuite. Si l'on suivait les conseils des économistes classiques, on réussirait probablement à réduire les salaires réels, et sans doute pas dans toute la mesure souhaitée par eux, en raison de la baisse des prix. Mais il en résulterait un emploi réduit et non pas un emploi accru.

1. Le fait qu'il l'ait décrite non pas comme *une* théorie générale, mais comme *la* théorie générale est une autre question : Keynes n'a jamais souffert d'aucune fausse modestie.

L'ÉPARGNE, CE VICE.

Il faut s'interroger en premier lieu sur l'utilité de l'épargne ou, pour le dire dans le langage des livres moraux de l'époque victorienne, sur les vertus de la privation. Depuis l'origine des temps, un axiome bien établi dans toutes les sociétés organisées, décide que les gens raisonnables doivent mettre de côté une partie de leur revenu courant, sous forme d'épargne. La Bible est pleine de paraboles soulignant ce point et, aujourd'hui encore, il y a d'innombrables livres d'enfants dans lesquels des histoires d'apparence innocente sur les cigales et les fourmis, véhiculent en fait la même leçon. S'il est raisonnable, pour un individu, d'épargner, ce doit être tout aussi raisonnable pour une nation. C'est d'ailleurs ce qu'Adam Smith a souligné : « Ce qui est prudence dans la conduite de chaque famille peut difficilement être considéré comme folie dans la conduite d'un grand royaume. » En fait, cette attitude est tout à fait légitime et bien adaptée dans le cas d'un *pays en voie de développement* (comme l'Angleterre ou la France du XIXᵉ siècle ou l'Inde du XXᵉ siècle), dans lequel les besoins d'investissement sont si vastes que toute l'épargne qui peut être formée est automatiquement absorbée par les hommes d'affaires à la recherche de capitaux supplémentaires. Dans une économie de ce type, où les revenus et donc les épargnes sont généralement bas, l'insuffisance de l'épargne est le principal frein à l'investissement.

Si les gens épargnaient davantage, on pourrait investir plus , ce qui permettrait de créer plus d'usines, d'accroître leur équipement, d'exploiter de nouvelles techniques, et par conséquent, d'obtenir une croissance plus rapide de la productivité et du niveau de vie. Plus on épargne, mieux cela vaut. Naturellement, en épargnant davantage, on diminue d'autant la consommation, mais comme on se procure un taux de croissance plus rapide, ceci entraîne *par la suite* des revenus et une consommation accrus.

Mais, fait observer Keynes, quand l'économie devient plus développée, quand les capitaux accumulés se font plus importants, les occasions de réaliser de nouveaux investissements peuvent devenir plus difficiles à discerner. Il y a

LES PAYS SOUS-DÉVELOPPÉS

Les pays sous-développés (c'est-à-dire, en gros, les pays qui produisent des produits primaires) souffrent à la fois d'une pauvreté aiguë et d'un chômage massif. Dans certains d'entre eux, les revenus par tête n'atteignent même pas 250 F par an, soit moins d'un vingtième ou d'un trentième du niveau observable en France. En même temps, le chômage et le sous-emploi sont très importants, principalement parmi les gens non éduqués et non qualifiés qui vivent à la campagne, mais aussi jusqu'à un certain point, dans les villes, parmi ceux qui ont reçu une formation secondaire ou même universitaire.

Cette combinaison de la pauvreté et du chômage ne peut pas être résorbée par des politiques de type keynésien alors qu'elle pouvait l'être en Grande-Bretagne ou dans les autres pays industrialisés au cours des années 1930.

En effet, un accroissement des dépenses publiques ou des dépenses de consommation n'entraînerait pas un accroissement de la production et de l'emploi mais simplement une hausse des prix. Car ce n'est pas la demande effective qui fait défaut, mais ce sont les facteurs de production qui manquent. Des hommes demeurent inoccupés parce qu'il n'y a pas de machines sur lesquelles ils puissent travailler, parce qu'il y a peu d'ingénieurs et d'entrepreneurs capables de les organiser et parce qu'il y a peu de main-d'œuvre qualifiée disponible pour l'emploi. Toute la structure de production est défaillante. Dans une telle situation, ce qui est nécessaire, c'est non pas un accroissement de la demande, mais un effort pour développer les techniques et l'équipement permettant d'accroître la productivité : éducation et formation professionnelle, initiation aux méthodes les plus simples permettant d'accroître la production agricole, investissement en usines et en machines, en routes et en chemins de fer, en centrales électriques et en systèmes d'irrigation.

En bref, on peut dire que les politiques keynésiennes s'appliquent seulement quand les moyens de production existent, et quand les marchandises ne sont pas produites en quantités suffisantes parce que la demande effective est trop faible. Dans les pays sous-développés, le véritable problème est que les moyens de production eux-mêmes font défaut.

déjà tant d'usines et tant d'équipements qu'il ne semble guère nécessaire d'en ajouter davantage, surtout si les nouveaux produits et les nouvelles techniques n'apparaissent que lentement. En même temps, comme les revenus sont plus élevés qu'auparavant, les gens peuvent avoir quelque difficulté à décider à quels achats ils vont les consacrer, et ainsi donc ils peuvent être amenés à épargner une plus grande partie de leur revenu. En fait, il semble que Keynes a sans doute exagéré la mesure dans laquelle l'incitation à investir et la propension à consommer sont réduites, à long terme, par la croissance de l'économie. Mais en tout cas, il reste vrai qu'à court terme, les hommes d'affaires peuvent réduire leurs investissements parce qu'il y a des capacités de production inemployées, ou que les familles peuvent épargner davantage, parce que la situation leur paraît incertaine. Finalement, le résultat de l'une ou l'autre de ces tendances est un accroissement du chômage : c'est précisément ce qui s'est produit tout au long des années 1930. Dans une telle situation, il est parfaitement légitime de soutenir que le chômage est provoqué par le fait que les gens essaient d'épargner trop. S'ils étaient moins désireux d'épargner, leur épargne *effective* (tout comme leur revenu et leur consommation) serait finalement plus élevée. Dans une telle situation, la privation n'est pas une vertu, c'est un vice [1].

LES VERTUS DES DÉPENSES PUBLIQUES.

Tout comme l'attitude traditionnelle à l'égard de l'épargne, l'attitude à l'égard des dépenses publiques doit être modifiée si l'on veut tirer toutes les conséquences de *la Théorie générale*. Dans une économie en voie de développement, dans laquelle la rareté de l'épargne est la principale contrainte, les investissements publics entrent directement en compétition avec les investissements privés, pour l'utilisation de cette ressource rare. Naturellement, les

---

1. Ce paradoxe avait déjà été saisi longtemps auparavant, de façon plus ou moins intuitive : comme Keynes lui-même l'a noté, Bernard Mandeville avait soutenu ce point de vue dans un poème allégorique intitulé *The Fable of the Bees* (la Fable des abeilles) au début du XVIIIe siècle. Le livre de Mandeville, fut condamné comme « dangereux » par le grand jury du Middlesex en 1723.

Victoriens eux-mêmes reconnaissaient la nécessité de certains
investissements publics : les routes, les ports et même
quelques écoles et quelques hôpitaux étaient nécessaires
pour permettre à l'entreprise privée de se développer. Mais,
si l'État ou les collectivités locales avaient consacré leurs
investissements à des bibliothèques publiques ou à d'autres
dépenses « somptuaires », ils auraient absorbé une épargne
qui aurait pu être employée de façon plus profitable dans
l'industrie. Ainsi donc, les investissements publics devaient
être cantonnés dans certaines limites, afin que la productivité et le niveau de vie puissent être accrus en priorité.
Encore une fois, cette attitude est logique, pourvu que l'on
se trouve dans le cas particulier visé par les économistes
classiques, c'est-à-dire dans celui où l'épargne est automatiquement investie. Mais si, en situation de plein emploi,
l'épargne *désirée* est supérieure à l'investissement *désiré*,
l'investissement public cesse d'être une mauvaise chose en
soi ; il peut au contraire devenir une bonne chose. En effet,
dans une telle situation, on peut tout aussi bien maintenir
le plein emploi en accroissant les investissements publics
ou même les dépenses publiques de consommation, qu'en
accroissant l'investissement privé ou la consommation privée. Si, en effet, le niveau des services publics dans un pays
est moins satisfaisant que le niveau de consommation des
biens et des services achetés sur le marché par les individus
(c'est-à-dire par exemple si la télévision est très largement
répandue, mais s'il y a trop peu d'écoles ou d'hôpitaux),
un accroissement des dépenses publiques peut être le meilleur
moyen de réduire ou de prévenir le chômage.

L'INTERVENTION GOUVERNEMENTALE EST-ELLE
UN BIEN OU UN MAL ?

Finalement, la leçon la plus importante et la plus radicale
donnée par *la Théorie générale* a été celle-ci : pour atteindre le
plein emploi, il faut que le gouvernement soit disposé à intervenir dans le libre jeu de l'économie. Au cours des années 1930
une telle idée a paru très alarmante, aux yeux de beaucoup de gens à qui elle a pu faire penser à la Russie stali-
nienne ou à l'Allemagne hitlérienne. Il y a d'ailleurs quelque

chose de paradoxal dans cette réaction : Keynes lui-même était un partisan convaincu de la société capitaliste et non pas du socialisme; et on a pu soutenir que la seule chose qui a sauvé les pays occidentaux des dictatures de type communiste ou fasciste, a été *la Théorie générale*. Quoi qu'il en soit, la théorie de Keynes exige une modification révolutionnaire des relations existant entre le gouvernement et l'économie. Bien des gens ont trouvé cette modification très difficile à accepter. Aux États-Unis, les idées de Keynes ne sont entrées en application qu'il y a peu d'années; et même en Grande-Bretagne, où leur victoire est déjà plus ancienne, on assiste encore de temps à autre à quelques combats d'arrière-garde [1].

1. La situation est sans doute la même en France où les politiques économiques d'inspiration keynésienne ont été largement pratiquées au cours des vingt dernières années, mais ont fait depuis cinq ou six ans, l'objet d'attaques parfois vives. *(N.d.T.).*

6. L'entre-deux-guerres à la lumière de Keynes

Au chapitre 3, nous avons retracé à grands traits l'histoire des années 1920 et 1930 et nous avons noté les commentaires que firent à l'époque un certain nombre d'économistes et d'hommes politiques. Il est sans doute utile d'achever ce livre en jetant un nouveau coup d'œil sur l'histoire de cette période, à la lumière des théroies de Keynes.

La question la plus évidente, en ce qui concerne cette période est celle-ci : pourquoi y a-t-il eu un chômage bien supérieur à tout ce que l'on avait pu observer auparavant ?

Au cours du siècle qui a précédé 1914, le chômage, en Grande-Bretagne, s'est probablement situé, en moyenne au-dessous de 3 à 4 % ; entre 1919 et 1939, il atteignit en moyenne 13 % de la population active. Dans son ensemble, l'économie mondiale avait progressé de façon tout à fait satisfaisante pendant tout le XIXe siècle et pendant le début du XXe, trébuchant, certes, de temps en temps, mais sans jamais s'écarter de sa ligne générale de croissance. En revanche, à la fin des années 1920, elle a été plongée dans une dépression incomparablement plus grave que toutes celles qui étaient survenues auparavant, et surtout dans une dépression qui a semblé devoir se prolonger éternellement. Quelle fut la cause de ce chômage massif et qui semblait interminable ? Si l'on en croit Keynes, le chômage était le symptôme d'un niveau trop faible de demande effective. Mais pourquoi la demande effective était-elle trop faible au cours des années 1920-1930, alors qu'elle avait vraisemblablement été suffisante auparavant ?

Pour répondre correctement à cette question, nous devons décomposer la demande effective en éléments un peu plus nombreux que nous ne l'avons fait auparavant. Dans notre analyse nous avons discerné jusqu'ici deux éléments dans la demande totale : la consommation et l'investissement; il nous faut maintenant prendre en compte deux autres catégories particulières de la demande : l'exportation et les dépenses gouvernementales [1].

Le potentiel productif.

Mais avant d'observer en détail ce qui se passe du côté de la demande, arrêtons-nous un instant à ce qui se passe du côté de l'offre. Le volume total de biens et de services qu'un pays peut produire quand sa population active est tout entière employée (appelons-le le *potentiel productif* du pays) dépend de deux facteurs. Le premier est l'effectif de la population active, c'est-à-dire le nombre de personnes qui sont soit employées, soit à la recherche d'un emploi. Le deuxième est le niveau moyen de productivité, c'est-à-dire la production par personne active. Plus la population active est importante, et plus le niveau de la productivité est élevé, plus sera grand le potentiel productif de l'économie. Or, il faut observer qu'en dépit du grand nombre de morts et de blessés qu'avait provoqué la première guerre mondiale, la population active de la Grande-Bretagne était plus importante en 1920 qu'en 1914, et cela principalement parce que l'emploi des femmes et des personnes âgées s'était sensiblement accru pendant la guerre. Il y avait eu aussi un certain accroissement de la productivité pendant les années de guerre, et la production par tête était peut-être, au début des années 1920, supérieure de 5 à 6 % à ce qu'elle avait été dix ans plus tôt. Si l'on prend en considération

1. Plus précisément, il faudrait dire, les dépenses de consommation des administrations (c'est-à-dire les dépenses de l'État et des collectivités locales qui se traduisent par l'achat des biens et des services nécessaires à leurs fonctionnement). Il faut souligner que les dépenses publiques consacrées à des transferts (tels que le paiement de pensions ou d'allocations familiales) ne sont pas prises en compte ici puisqu'elles sont déjà retenues lorsqu'on parle de la consommation des ménages : de même, les dépenses en capital effectuées par l'État ou les autres administrations sont incluses dans l'investissement.

ces deux facteurs à la fois , on peut estimer qu'au lendemain de la guerre, le potentiel productif de la Grande-Bretagne devait être de 10 à 15 % supérieur à son niveau d'avant-guerre ; ainsi donc, en situation de plein emploi, l'économie aurait été capable de produire 10 à 15 % de plus qu'avant la guerre. Si donc on voulait que le chômage demeure aussi faible après la guerre qu'avant celle-ci, (c'est-à-dire au voisinage de 3 % de la population active), il fallait que la production, et par conséquent la demande effective, soient de 10 à 15 % supérieures à leurs niveaux d'avant-guerre.

Une demande inadéquate.

Malheureusement loin d'être de 10 à 15 % supérieure, la demande était en fait inférieure à son niveau d'avant-guerre. La principale difficulté provenait des exportations. Comme nous l'avons dit au chapitre 3, la Grande-Bretagne avait perdu des marchés d'exportations au cours de la guerre, dont beaucoup ne furent jamais reconquis, parce que la hausse rapide des revenus et des prix anglais, pendant la guerre, avait rendu une grande partie des exportations, inaptes à la compétition. De ce fait, les exportations des marchandises, peu après 1920, ne représentaient que les deux tiers environ de leur niveau d'avant-guerre ; et comme, avant 1914, les exportations représentaient un cinquième du revenu national, l'effet sur l'emploi fut donc très sérieux [1].

La situation était plus favorable en ce qui concerne les dépenses publiques. Comme on peut s'y attendre, celles-ci avaient augmenté de manière très sensible pendant la guerre et bien qu'elles eussent diminué ensuite, elles demeuraient pourtant à un niveau très supérieur à celui d'avant-guerre. Malheureusement, les effets bénéfiques de cet accroissement des dépenses publiques sur l'emploi, furent effacés par la politique même que le gouvernement suivit. En effet, comme

1. L'insuffisante compétitivité de l'économie britannique affecta également l'emploi d'une autre manière, quoiqu'à une autre échelle : certains produits manufacturés furent importés en quantités plus grandes qu'auparavant, ce qui réduisit également quelque peu les débouchés de la production nationale.

nous l'avons vu au chapitre 3, le gouvernement avait très sensiblement augmenté les impôts, pour faire face aux dépenses de guerre et, ceci ne suffisant pas à équilibrer le budget, il avait également augmenté sensiblement les emprunts. Après la guerre, les dépenses publiques diminuèrent rapidement et cela aurait pu entraîner une réduction sensible des impôts nécessaires pour y faire face. Mais les habitudes financières orthodoxes exigeaient qu'il y eût, chaque année, un excédent budgétaire afin qu'une partie de l'argent prélevé par voie d'impôts puisse servir au remboursement des emprunts. Ainsi donc, le taux standard de l'impôt sur le revenu, qui au moment de la déclaration de guerre était de l'ordre de 9 %, resta jusqu'en 1922 au niveau record de 30 % qu'il avait atteint pendant la guerre ; c'est seulement en 1925 qu'il fut abaissé à 25 %.

Un taux élevé d'impôt sur le revenu exerce une action sur la demande effective et en particulier sur la consommation, qui dépend de ce que le gouvernement fait des impôts qu'il collecte. S'il les emploie pour augmenter les pensions de retraite ou pour embaucher plus d'instituteurs, la consommation va probablement s'accroître parce que la propension à consommer des pensionnés et des fonctionnaires est certainement supérieure à celle des gens qui paient la majeure partie de l'impôt sur le revenu (en gros : la partie la plus riche de la population). Mais dans la mesure où le gouvernement utilise les recettes que lui procure ce taux élevé d'impôt sur le revenu, pour rembourser la dette nationale, comme il le fit au début des années 1920, l'effet sur la consommation est certainement inverse. Ceux qui bénéficient des remboursements de la dette publique reçoivent un certain type d'actif (de la monnaie) en échange d'un autre type d'actif (des bons gouvernementaux). Il n'y a aucune raison de penser que leurs dépenses de consommation vont s'en trouver accrues. Au contraire, ceux chez qui l'argent a été pris (les redevables de l'impôt sur le revenu), même s'ils constituent la partie la plus riche de la population, vont néanmoins, dans beaucoup de cas, devoir réduire plus ou moins leur consommation afin de payer l'impôt supplémentaire. Il est donc certain que la politique gouvernementale qui a consisté à maintenir un impôt élevé pour rembourser une partie de la dette nationale, a exercé une action dépressive sur la consommation au début des années 1920.

Mais la stagnation de la consommation, à cette époque s'explique avant tout par le fait que le niveau des revenus était relativement faible : et il en était ainsi parce que la demande était trop faible, y compris la demande de biens de consommation. Pour que ceci soit tout à fait clair, précisons : la baisse des exportations avait réduit le niveau de l'emploi et des revenus dans les industries d'exportations; les travailleurs de ces industries dépensaient donc moins en consommation et ceci entraînait, en retour, (comme nous l'avons vu à propos du multiplicateur), une baisse des revenus des travailleurs employés à la production des biens de consommation, lesquels à leur tour, avaient des revenus moindres à consacrer à l'achat de biens de consommation; la chaîne des effets ne s'arrêtait pas là : du seul fait qu'au début des années 1920, la consommation était très faible par rapport au potentiel productif de l'économie, l'investissement subissait à son tour une action dépressive. Ainsi donc, il n'est pas surprenant de constater que dans cette période, l'investissement était, comme la consommation, à un niveau inférieur à celui que l'on avait pu observer dix ans plus tôt. La demande effective était, au total, inférieure de 5 à 10 % à ce qu'elle avait été avant-guerre.

Compte tenu de l'augmentation du potentiel productif, la demande effective et la production étaient inférieures de 15 à 25 % à ce que l'économie était capable de produire. Il était inévitable que l'on aboutisse à un chômage très important. Et, quel que soit le poids que l'on attribue aux différents facteurs [1], il est clair que deux des causes fondamentales de ce très lourd chômage étaient d'une part le prix élevé des exportations et d'autre part le niveau élevé des impôts.

La politique du gouvernement.

L'action des prix excessifs à l'exportation sur le niveau de l'emploi, était parfaitement apparente, au cours des

---

1. Plus précisément quelle que soit la valeur que l'on assigne au multiplicateur et à l'accélérateur.

années 1920 ; il n'était besoin d'aucune lunette keynésienne pour l'apercevoir. Celle des taux élevés de l'impôt était moins clairement comprise ; néanmoins, beaucoup d'hommes d'affaires très influents déclaraient à cette époque, que le chômage ne pourrait jamais diminuer tant que les impôts ne seraient pas réduits. On aurait donc pu penser, dans ces conditions, que le gouvernement essaierait de mettre un terme au chômage en visant la réduction des prix à l'exportation, ou la baisse des impôts. C'est bien ce qu'il fit, mais d'une façon telle qu'il n'améliora pas la situation.

Comme nous l'avons vu, le gouvernement, en essayant de faire baisser les prix à l'exportation, n'adopta pas la solution évidente qui était d'abaisser le taux de change (c'est-à-dire de dévaluer), puisque son objectif avoué finalement atteint en 1925, était de relever le taux de change jusqu'à son niveau d'avant-guerre. Au lieu de dévaluer, il essaya de réduire les salaires et les prix de telle façon que, même si le taux de change était réévalué, les prix des exportations britanniques seraient réduits pour les étrangers. En fait, la résistance aux baisses de salaire, qui culmina pendant la grève générale de 1926, empêcha que cette réduction des salaires et des prix soit menée assez loin pour rétablir la compétitivité ; au total, le volume des exportations se modifia peu pendant le reste de cette décennie.

Mais l'effet des baisses de salaires fut des plus graves : sans résoudre le problème des exportations, elles furent cependant suffisantes pour excercer un effet très grave sur la consommation. Les économistes classiques pensaient qu'une baisse générale des salaires accroîtrait de façon directe l'emploi ; il n'est pas douteux que cette doctrine inspirait la politique gouvernementale. Keynes, pour sa part, pensait que les effets d'une telle baisse sur l'emploi serait, au mieux, négligeable. Dans la période qui nous intéresse, la consommation et l'emploi souffrirent certainement des effets des baisses de salaires : au début des années 1920, les prix baissèrent moins que les salaires, si bien qu'il y eut, certainement, une réduction des salaires réels, et par conséquent, une réduction de la consommation et de l'emploi. On est ainsi en droit de conclure que la politique du gouvernement fut exactement à l'inverse de ce qui

était souhaitable. S'il avait donné son soutien à un accroissement de salaires, l'effet sur l'emploi aurait probablement
été meilleur, tout au moins en ce qui concerne la demande
intérieure. En pratique, la meilleure façon pour un gouvernement d'accroître la consommation n'est naturellement pas
d'augmenter les salaires nominaux, puisque tout ou partie
de cette hausse sera avant longtemps, absorbé par l'augmentation des prix ; la meilleure façon est de réduire les impôts
ou d'accroître les pensions et les autres dépenses de Sécurité
sociale.

Par ailleurs, le gouvernement diminua les impôts. Mais
il essaya de suivre la règle d'or selon laquelle, en temps
de paix, un gouvernement doit éviter le déficit budgétaire
comme la peste ; donc il réduisit ses dépenses en même
temps que ses recettes. Les effets favorables à l'emploi
que l'on aurait pu attendre d'une consommation accrue
résultant de revenus moins obérés d'impôts, furent probablement plus que compensés par la réduction concomi-
tante des dépenses publiques. La même histoire se poursuivit
de façon à peine différente pendant la seconde moitié des
années 1920. Il est vrai qu'à ce moment la demande
effective augmenta de façon très sensible, principalement
en raison de l'accroissement de la consommation et de
l'investissement. Mais cette augmentation de la demande
effective ne fut pas plus rapide que l'augmentation du potentiel productif de l'économie qu'engendraient la croissance
de la productivité et l'augmentation de la population active.
Par conséquent, l'écart entre la production effective et la
production que l'on aurait pu atteindre avec le plein emploi,
ne fut pas réduit et, bon an mal an, le chômage continua
de frapper 10 à 12 % de la population active. Aucune des
actions que devait suggérer plus tard l'analyse keynésienne
ne fut entreprise à cette époque. Les dépenses courantes des
administrations ne furent pas augmentées de façon significative car cela aurait entraîné un déficit budgétaire supérieur
à celui que, bien involontairement, le gouvernement devait
déjà accepter. Pour la même raison, il n'y eut, après 1925,
aucune réduction d'impôt de nature à stimuler la consommation. Rien ne fut entrepris, non plus, pour alléger les prix
à l'exportation : le gouvernement avait érigé en dogme le

respect du taux de change qui existait avant la guerre et qui, en fait, se révéla beaucoup trop élevé. Enfin, après l'expérience dramatique de la grève générale, il lui fallut admettre, comme un principe de réalisme politique, qu'il était incapable de forcer la baisse des salaires. A cette époque, il était impensable pour un gouvernement de se mêler des affaires de l'entreprise privée, en essayant d'inciter les hommes d'affaires à accroître leurs investissements, sauf peut-être en réduisant le taux de l'intérêt; mais pendant les années 1920, la Grande-Bretagne défendait à tel point les emprunts à court terme qu'elle avait dû contracter à l'étranger, qu'il lui était impossible de réduire sensiblement le taux de l'intérêt. D'un autre côté, l'investissement public ne pouvait être accru (comme Keynes et Robertson le demandaient), parce que ceci aurait absorbé une précieuse épargne qui aurait pu autrement être employée, pensait-on, de façon plus profitable et plus productive sous forme d'investissements privés.

Bref, on ne pouvait rien faire. Pendant toutes les années 1920, il y eut un chômage très important en Grande-Bretagne parce que l'économie avait trouvé son équilibre dans une situation caractérisée par une demande effective trop faible, et parce que l'orthodoxie économique et politique interdisait aux responsables de reconnaître que l'insuffisance de la demande était à la source de toutes les difficultés, et les empêchait à plus forte raison d'entreprendre des actions pour maîtriser une telle situation.

La grande crise aux États-Unis.

Il faut rechercher les origines de cette crise dans le recul des investissements américains qui survint en 1929. Ce retournement n'avait en soi rien de surprenant, puisque les crises cycliques étaient un phénomène familier depuis plus d'un siècle. Ce pour quoi l'expérience du passé n'offrait aucun précédent, ce fut la profondeur de la dépression qui suivit cette chute des investissements, la sévérité de l'atteinte que subirent les autres pays, et enfin le refus que l'économie américaine opposa à la reprise.

En quelques années, à partir du sommet de l'expansion, le

chômage s'éleva aux États-Unis jusqu'à 25 % de la population active (au lieu des 6 à 10 % habituellement observés au plus fort de la crise). On peut sans doute l'expliquer par deux facteurs principaux (outre la crise de confiance que provoqua le krach de Wall Street). Chacun de ces facteurs avait trouvé son origine dans la première guerre mondiale. Le premier fut la puissance exceptionnelle du boom des investissements : entre 1919 et 1927 l'investissement a pratiquement doublé aux États-Unis dépassant à tel point les autres éléments de la dépense nationale, que sa part relative qui était de 16 % du revenu national en 1919, s'éleva à 22.% en 1927. Tôt ou tard, il allait apparaître que ce stock de capital était plus que suffisant pour satisfaire les besoins courants. Quand ceci surviendrait, les hommes d'affaires allaient cesser d'accroître les capacités de production existantes et la construction de maisons allait s'arrêter ; en fait, l'accélérateur allait jouer en sens inverse avec d'autant plus de force que la croissance aurait été forte et il y aurait donc une chute importante de l'investissement, plus importante que celle qui serait produite si l'accroissement du stock de capital avait été plus lent et était demeuré dans une meilleure proportion avec l'accroissement général de la demande.

C'est précisément ce qui s'est produit. L'investissement est demeuré stagnant en 1928 et il a diminué en 1929. Comme la théorie de Keynes permet de le penser, cette chute de l'investissement conduisit, par l'effet du multiplicateur à une chute beaucoup plus substantielle du revenu national, d'où une nouvelle chute de l'investissement, qui à son tour, entraîna une nouvelle chute du revenu national. Ainsi, la première raison pour laquelle la baisse du revenu national américain entre 1928 et 1932 fut si importante tint au fait que la baisse de l'investissement avait été particulièrement forte : le revenu national diminua d'environ un tiers, l'investissement fut réduit des trois quarts.

La seconde raison doit être recherchée dans le secteur agricole. La productivité des fermes américaines s'était énormément accrue en raison des déficits alimentaires provoqués dans le monde entier par la guerre. Et elle continua de s'accroître de la sorte dans les années 1920, après que les sources de nourriture et de matières premières agricoles, (telle que l'Europe) eurent été restaurées. De ce fait, les surplus mondiaux de produits primaires commencèrent à apparaître et les prix commencèrent à tomber. Ceci entraîna un effet en spirale particulièrement dangereux, qui amena les prix des produits agricoles et les revenus des fermiers à se culbuter les uns les autres dans leur chute. A la différence d'un industriel, un fermier qui est confronté à la baisse du prix de ses produits, essaye d'*accroître* sa production, car c'est seulement en vendant plus qu'il peut compenser des prix plus bas et maintenir son revenu : on observa, en fait, un léger accroissement de la production agricole américaine entre 1929 et 1933. Mais la conséquence des efforts de milliers de fermiers essayant d'accroître leur production fut une nouvelle baisse des prix et des revenus paysans. Quand l'offre excédentaire, qui existait déjà à la fin des années 1920, fut accentuée par la chute de la demande de produits alimentaires et de matières premières agricoles qui suivit le recul des investissements en 1928-1929, la situation devint désespérée. Les prix des produits fermiers tombèrent de plus de moitié entre 1929 et 1932 et les revenus des fermiers américains souffrirent dans la même proportion; et naturellement, cette baisse des produits agricoles entraîna elle-même un effet multiplicateur et provoqua une nouvelle réduction de la consommation et, par conséquent, (compte-tenu de l'accélérateur) une nouvelle chute de l'investissement.

La grande crise dans le reste du monde.

Le commerce international et les mouvements internationaux de capitaux sont, dans une grande mesure, dépendants de ce qui se passe aux États-Unis. Si l'on doit rechercher, comme nous venons de le faire les raisons de la crise très sévère qui frappa les États-Unis, au sein même de ce pays, on doit noter qu'à l'inverse la situation de la balance des paiements américaine fut un facteur essentiel de l'évolution économique mondiale. « Quand l'Amérique éternue, le reste du monde attrape une pneumonie. » L'un des facteurs de cette généralisation de la crise, déjà rencontré au chapitre 3, fut le rapatriement des capitaux américains placés à l'étranger et la contraction du système des prêts internationaux qui en résulta.

Un autre facteur fut la chute des importations américaines qui accompagna la baisse du revenu national américain. Le commerce international était sans doute peu important pour l'économie américaine, mais les États-Unis étaient néanmoins, presque à égalité avec la Grande-Bretagne, le principal importateur du monde, et la réduction de 70 % de leurs importations, entre 1929 et 1933, provoqua la banqueroute et le chômage dans les industries d'exportations du monde entier. L'effet le plus grave fut ressenti par les pays producteurs de matières premières. De même que la chute de la demande des produits primaires avait conduit, en raison de leur offre inélastique, à une baisse importante de leurs prix aux États-Unis, de même une chute de la demande de ces produits de la part de la Grande-Bretagne, de l'Allemagne et des autres pays industriels, entraîna un effondrement de leur prix dans le monde entier. Les pays sous-développés, dont les exportations sont formées pour l'essentiel de produits primaires, virent leurs recettes s'effondrer, et comme ils disposaient de fort peu de réserves, ils furent rapidement obligés de restreindre au maximum leurs importations de produits manufacturés. Sur le marché international, comme dans l'économie interne, la baisse des revenus entraîne une baisse des dépenses et la baisse des dépenses entraîne à son tour des baisses ultérieures des revenus. Il y a toutefois une différence parce que, sur le marché international, la baisse des revenus et des dépenses n'est pas entièrement automatique. Il peut y avoir eu certains cas dans lesquels les importations d'un pays (et par conséquent les exportations des autres pays) diminuaient, simplement parce que le revenu national du pays considéré diminuait. Mais dans de nombreux cas, les pays industriels entreprirent des actions délibérées (telles que la hausse des tarifs douaniers ou l'établissement de quotas d'importation ou encore les restrictions sur les changes) pour réduire leurs importations, leur idée étant qu'il fallait empêcher la dépense nationale de se tourner vers des produits étrangers. Chaque pays essaya de résoudre son problème de chômage en le transmettant à quelque autre pays. Mais comme presque tous étaient obligés de poursuivre une politique de ce genre (parce que toute nation qui ne l'aurait pas fait se serait rapidement retrouvée avec peu d'exportations, d'énormes importations et un chômage immense), personne ne tira grand profit de ce jeu. En fait, on peut même dire que chacun en souffrit, car la plupart des bénéfices que l'on peut tirer d'une plus grande spécialisation entre les nations (ce qui est la raison fondamentale du commerce international), furent inévitablement perdus. Cependant, les restrictions à l'importation, même si elles se retournaient contre ceux qui les prenaient, ont semblé à beaucoup de gouvernements désespérés, la seule action rapide et pratique qui pourrait alléger quelque peu le chômage qui menaçait de les submerger.

Ainsi, en termes keynésiens, la grande crise fut l'effet d'une demande effective trop faible à l'échelle mondiale. La contraction de l'économie américaine provoqua des convulsions dans presque tous les pays de par le monde. Les banques firent faillite. La banqueroute frappa de nombreuses affaires, les revenus se dégradèrent et des dizaines de millions d'hommes furent jetés au chômage. En 1933, il y avait probablement 30 millions de chômeurs rien que dans les pays industrialisés.

L'absence de reprise.

Phénomène sans précédent, ce déclin de l'activité économique mondiale fut suivi d'une stagnation durable au lieu de la reprise coutumière. Aux États-Unis, le chômage, qui atteignait 3 % de la population active en 1929, s'éleva jusqu'à 25 % en 1933, mais ensuite, il ne diminua que très modérément : il était encore à 22 % en 1934 et à 20 % en 1935. L'économie américaine – et avec elle l'économie mondiale – restait collée au fond de la crise. Dans une telle situation, on s'attendait, selon toutes les théories du cycle économique, à ce qu'il se produise une reprise des investissements provoquée par l'apparition de nouvelles occasions d'investissements rentables et par la baisse du taux d'intérêt. Keynes était, en gros d'accord avec cette façon de voir. Mais comme nous l'avons vu au chapitre 4, il croyait que tout nouvel investissement était, dans une grande mesure, déterminé par le volume d'équipements en capital déjà existant et par la façon dont ce capital était utilisé. Aux États-Unis, en 1933, il existait une masse énorme d'équipements en capital et une grande partie de ceux-ci n'était pas utilisée. Dès lors, le rendement que l'on pouvait espérer obtenir en réalisant un nouvel investissement semblait devoir être particulièrement bas. Que se passait-il en ce qui concerne l'autre déterminant de l'investissement, c'est-à-dire le taux de l'intérêt? Celui-ci, dit Keynes, est déterminé par la préférence pour la liquidité et par la quantité de monnaie, à condition de se souvenir que lorsque le taux de l'intérêt descend jusqu'à un certain niveau (environ 2 ou 2 1/2 %), il se révèle impossible de le faire descendre plus bas encore. Il était donc possible, disait Keynes que le rendement des nouveaux investissements fût, dans une telle situation, inférieur au taux de l'intérêt. Mais s'il était impossible d'emprunter de l'argent à moins de 2 % il était plus impossible encore de trouver un projet d'investissement qui soit en mesure de rapporter plus de 1 1/2 %. Quand une telle situation se produit, aucun chef d'entreprise sain d'esprit n'effectuera un investissement quelconque.

Si l'investissement est très bas, l'épargne devra également être très basse et, étant donné une propension à consommer d'un niveau habituel, ceci peut seulement se produire si le revenu national lui-même est bas. Il s'établit ainsi un équilibre dans lequel le revenu national est sensiblement au-dessous du potentiel productif de l'économie et le chômage est très important. Jusqu'à ce que la consommation ou l'investissement ou encore les exportations ou les dépenses gouvernementales en viennent à s'accroître, cet équilibre à très bas niveau persistera. Il est pratiquement impossible que la consommation s'accroisse de son propre mouvement puisque dans une telle situation, les revenus et l'épargne sont si bas que, même si les gens réduisaient leur propension à épargner afin d'accroître leur consommation, cela ne ferait pas une très grande différence. Tant que la consommation demeure à un niveau aussi faible, il n'y a aucune raison particulière qui puisse inciter les hommes d'affaires à risquer leur chance en accroissant leur investissement. Les exportations, enfin, ne vont certainement pas s'accroître aussi longtemps qu'il existera un important chômage dans les autres pays. Si donc quelque chose peut être fait, ce ne peut être que par le gouvernement, qui peut stimuler la consommation en réduisant les impôts ou (c'est le remède que Keynes préférait) créer par lui-même de l'emploi en consacrant d'importantes sommes au financement des travaux publics.

Le New Deal.

De façon curieuse, ce ne fut pas en Grande-Bretagne [1] qu'une tentative fut accomplie pour réduire le chômage par la mise en œuvre de travaux publics : ce fut aux États-Unis, lesquels passaient pourtant pour le dernier bastion du capitalisme. Le New Deal que Roosevelt introduisit en 1933 commença, de façon plutôt curieuse, en essayant simultanément d'accroître les salaires (de façon à augmenter la consommation) et de relever les prix (de façon à inciter les hommes d'affaires à investir). De toute évidence, l'une ou l'autre de ces mesures pouvait avoir quelque effet, mais les deux ensemble, étaient de nature à s'annuler. Après un an ou deux, d'importants programmes de travaux publics furent entrepris et l'on pense maintenant qu'ils constituent l'essentiel de ce qu'apporta le New Deal. L'administration américaine consacra de larges sommes d'argent, bien supérieures à ce qu'elle percevait comme impôts, à la construction de routes, de villes, de ports, de réseaux d'irrigation, à des travaux d'aménagements fonciers, et à divers autres projets. Ainsi l'administration procura-t-elle directement un nombre important d'emplois; indirectement, elle en suscita bien d'autres : en effet, les hommes qu'elle payait pour construire les routes et les digues dépensaient l'argent qu'ils recevaient, en achats de biens et de services et procuraient ainsi de l'emploi à d'autres. L'accroissement

1. Qui était pourtant le pays le mieux apte à comprendre les vues de Keynes et aussi celui dans lequel un gouvernement de gauche était au pouvoir pendant les deux premières années de la grande crise.

des dépenses publiques fit entrer en action le multiplicateur. La conséquence d'une telle politique, qui conduisait l'administration à dépenser plus que son revenu, fut naturellement un déficit budgétaire de grande ampleur. En 1929-1930 [1] le budget fédéral avait présenté un modeste surplus, ce qui était considéré comme tout à fait correct et même nécessaire au paiement de la dette nationale. La dépense atteignait 3,4 milliards de dollars, et les ressources fiscales 4,2 milliards de dollars. Pour l'année fiscale 1935-1936, la dépense s'éleva à plus de 8,5 milliards de dollars, tandis que les recettes fiscales étaient seulement de 4,1 milliards; il y avait ainsi un déficit de 4 milliards 1/2 de dollars. Chaque année, jusqu'à la fin des années 1930, il y eut de la sorte un déficit budgétaire (en effet, il fallut attendre l'année 1946-1947 pour voir réapparaître un surplus) et en 1941, lorsque les États-Unis se trouvèrent de nouveau en guerre, la dette nationale (qui atteignait environ 20 milliards de dollars lorsque Roosevelt était devenu président en 1933) atteignait désormais 50 milliards de dollars. Aux États-Unis, beaucoup reprochèrent amèrement (et reprochent encore aujourd'hui) une telle attitude à l'administration Roosevelt. Cependant tout économiste et tout homme politique qui a compris Keynes et qui examine la politique menée alors, n'a qu'un seul reproche à adresser à l'administration américaine de cette période : c'est que le déficit budgétaire qu'elle pratiqua fut encore *insuffisant*. On assista en effet à un accroissement substantiel de l'emploi stimulé par l'importance des dépenses publiques, mais comme la population active totale s'accroissait elle-même, le chômage ne descendit pas en-dessous de 14 % (en 1937) et remonta même jusqu'à 19 % en 1938. Une grande partie des difficultés persistantes résulta du fait que (malgré l'accroissement de la consommation entraîné par les dépenses publiques) l'investissement privé demeurait atone. Tous ceux qui étaient hostiles à Roosevelt proclamaient, à l'époque, que cette situation était provoquée par sa politique de déficit budgétaire, politique qui était supposée avoir

---

1. L'année financière américaine commence le 1er juillet et s'achève le 30 juin.

détruit la confiance des milieux d'affaires. Des critiques plus raffinés soutenaient la vieille théorie à laquelle Keynes avait été confronté au cours des années 1920 par le Trésor britannique, à savoir que les dépenses consacrées à des travaux publics absorbent une épargne qui, sans cela, aurait pu être utilisée pour financer des investissements privés. En fait, une explication beaucoup plus exacte peut être trouvée dans le montant excessif des capacités de production encore inactives, auxquelles nous avons déjà fait référence. Aussi longtemps que la demande n'avait pas crû suffisamment pour provoquer la remise en activité de tous les équipements en capital existants, il semblait inutile d'en installer de nouveau. Ainsi donc, seul un accroissement plus massif encore des dépenses publiques aurait pu conduire plus rapidement à ce résultat. C'est seulement à l'occasion des programmes massifs de réarmement dans lesquels les États-Unis s'engagèrent à la fin des années 1930, que le chômage recula massivement, mais le nombre des sans-travail était si grand qu'en 1941 – l'année de Pearl Harbor –, le chômage affectait encore 10 % de la population active.

L'Allemagne.

En Allemagne également, le chômage massif fut résorbé par des travaux publics à grande échelle. Quand les nazis prirent le pouvoir en 1933, ils stimulèrent puissamment les dépenses publiques : des routes et des chemins de fer furent construits ou reconstruits, de grands programmes d'aménagement foncier furent entrepris et, dans le secteur privé, des subventions furent accordées aux entreprises pour encourager leurs investissements. Ces mesures entraînèrent une réduction massive du chômage, qui fut menée à son terme lorsque le réarmement fut entrepris en 1935. En 1936, ou peu après, tandis que la Grande-Bretagne et les États-Unis continuaient de se débattre avec des taux de chômage de l'ordre de 15 % et plus, le problème avait pratiquement disparu en Allemagne. En trois ou quatre ans, la politique de Hitler avait réussi à provoquer un accroissement de la demande effective assez grand pour provoquer la remise au

travail de la plupart des six millions d'hommes qui se trouvaient sans emploi quand il était arrivé au pouvoir. Il n'est
donc pas surprenant qu'il ait joui d'une certaine popularité.
Naturellement, il provoqua du même coup de très importants
déficits budgétaires ; mais qu'importe un ou deux budgets
en déficit, quand on entreprend de bâtir un empire qui va
durer mille ans ?

La politique anglaise,
au cours des années 1930.

La Grande-Bretagne, pour sa part, avait construit son
empire depuis longtemps déjà ; elle aurait sans doute moins
souffert, au cours des années 1930, si tel n'avait pas été le cas.
Pendant la plus grande partie de cette décennie, l'objectif
principal du gouvernement britannique fut, non pas la
domination mondiale, mais la gestion domestique. A partir
du milieu des années 1920, comme nous l'avons vu au
chapitre 3, le Trésor avait souffert d'un déficit léger mais
croissant. Après le déclenchement de la crise mondiale
en 1929, ce déficit s'accrut de façon alarmante. Le gouvernement réagit comme une bonne ménagère dont le budget
est soudain déséquilibré. D'un côté, il entreprit de réduire
ses dépenses et son action, d'abord hésitante, devint plus
ferme après la formation du gouvernement national en
août 1931 : les dépenses publiques furent réduites en 1932
et continuèrent de diminuer pendant plusieurs années. D'un
autre côté, des actions furent également entreprises pour
augmenter les ressources de l'État : le taux standard de
l'impôt sur le revenu fut relevé, ainsi que différents impôts
indirects, notamment les droits sur le tabac, les bières et le
pétrole. Ces hausses fiscales ne réussirent naturellement pas
à augmenter beaucoup les recettes fiscales : les taux majorés
de l'impôt sur le revenu furent contrebalancés par la baisse
des revenus et la hausse des impôts indirects par la réduction
des dépenses. Néanmoins, cette combinaison d'économies
budgétaires et d'accroissements d'impôts rétablit à peu près
la situation budgétaire : le déficit commença à se réduire
et, en 1934, on retrouva un léger surplus. La satisfaction

éprouvée par le gouvernement devant ce résultat fut exprimée, en 1935, par le chancelier de l'Échiquier, Neville Chamberlain. Parlant comme un homme qui rappelle quelques campagnes militaires particulièrement périlleuses, mais finalement victorieuses, il déclara : « par des coupures, par des économies et par une taxation sévère, le budget a été équilibré ». Il oublia d'ajouter que, par la même occasion, le chômage avait doublé. Cependant, à la lumière de l'analyse keynésienne, on peut voir que tel était le résultat inévitable : la réduction des dépenses publiques et l'accroissement des impôts qui obligent les particuliers à réduire leur consommation conduisent tous deux à une baisse des revenus et à d'ultérieures réductions des dépenses. En Grande-Bretagne, plus encore qu'aux États-Unis, où tout au moins la politique gouvernementale visait dans la bonne direction, ce fut seulement au réarmement et finalement à la seconde guerre mondiale elle-même que l'on dut la résorption du chômage.

Rétrospective sur l'entre-deux-guerres.

Nous avons vu que, pratiquement pendant toute la période de l'entre-deux guerres, la Grande-Bretagne a souffert d'un niveau trop faible de la demande effective; que, pendant toute la seconde moitié de cette période, la même maladie a affligé le reste du monde. Certaines des causes immédiates de cette déficience de la demande ont été repérées, telle par exemple, la faiblesse des exportations dans le cas de la Grande-Bretagne, ou la crise des investissements, dans celui des États-Unis. Cependant, un chômage aussi sévère et aussi durable que celui-ci était un phénomène entièrement nouveau. Il conduisait donc à se demander s'il n'y avait pas quelques forces fondamentales à l'œuvre qui avaient modifié de façon permanente l'équilibre de l'offre et de la demande; ou encore (pour le dire en termes keynésiens) qui avaient conduit les gens à désirer épargner plus que les hommes d'affaires ne désiraient, de leur côté, investir.

Keynes, lui-même, a parfois caressé l'idée que dans les pays industriels occidentaux, et notamment en Grande-Bretagne et aux États-Unis, une certaine maturation de la

société avait été atteinte. Dans une société « mûre », suggé-
rait-il, la demande de biens et de services de la plupart des
gens est assez bien satisfaite, tout au moins en fonction de
la distribution des revenus qui est en vigueur. Il existe de ce
fait, une tendance chronique à la sous-consommation, en
ce sens que les gens achètent moins de biens de consommation
que l'économie n'est capable d'en produire ; de ce fait, certains
équipements en capital demeurent inemployés, et il se produit, du même coup, un effet dépressif sur l'investissement,
particulièrement si l'innovation technologique se ralentit
elle-même. Keynes estimait néanmoins que l'on pouvait
surmonter une telle situation et que le plein emploi pouvait
être rétabli, puis maintenu, mais seulement au prix d'une
action assez rude, tendant à accroître les dépenses publiques,
à réduire l'inégalité des revenus (et, par ce moyen, à relever
la propension marginale à consommer) et enfin à maintenir
le taux d'intérêt aussi bas que possible. Un certain nombre
d'autres économistes, qui acceptaient les analyses de Keynes
en vinrent cependant à des conclusions plus pessimistes, en
arguant notamment que les économies américaines et
anglaises entraient dans un état de stagnation permanent et
qu'une action gouvernementale du type de celle que recom-
mandait Keynes ne serait jamais capable d'accroître suffisamment la demande pour employer pleinement les ressources du
pays.

Aujourd'hui, ces craintes sont difficiles à comprendre ;
et même les vues de Keynes, impliquant que dans les pays
comme la Grande-Bretagne ou les États-Unis, il serait désormais toujours difficile de maintenir le plein emploi, semblent
exagérément pessimistes. Elles suggèrent que, face à la
situation apparemment désespérée où se trouvait son pays
au milieu des années 1930, Keynes lui-même souffrit un
moment d'une foi insuffisante en sa propre analyse. Il est
vrai que dans la plupart des pays occidentaux, les revenus
dont les gens disposaient étaient plus élevés au cours des
années 1920 qu'ils ne l'avaient jamais été auparavant ; mais
il était néanmoins surprenant que quelqu'un qui appréciait
autant que Keynes les bonnes choses de la vie, en soit venu
à penser que les gens allaient désormais épargner beaucoup
plus parce qu'il leur resterait beaucoup plus d'argent, une

fois satisfaits leurs besoins fondamentaux. En fait, il y a peu de raisons de penser que, dans une société, la propension à consommer diminue de façon significative, quand le revenu s'accroît, même si certains pensent qu'il pourrait en aller tout autrement en l'absence de publicité. Qui plus est, il est tout à fait inexact que l'on ait observé un quelconque ralentissement du rythme de l'innovation technologique. Bien au contraire, celui-ci s'est accéléré plus que jamais au cours des vingt-cinq dernières années. Ainsi, le taux d'investissement tout à fait médiocre des années 1930 ne résultait pas d'un manque de produits nouveaux ou de procédés nouveaux; il résultait du fait que les revenus étaient si bas et les usines inactives si nombreuses que la plupart des nouvelles idées, aussi bonnes fussent-elles, semblaient trop aventurées pour qu'il vaille la peine de leur consacrer des investissements.

Ce qui ne veut pas dire que la grande crise n'a rien à voir avec certains des changements qui sont intervenus dans l'économie des pays occidentaux au cours des cinquante ou cent années précédentes. Ainsi, par exemple, l'apparition d'une situation dans laquelle l'épargne n'est pas automatiquement investie, (notamment parce qu'une partie importante de l'épargne est maintenant réalisée par des gens différents de ceux qui ont à décider des investissements) était, comme nous l'avons vu, un facteur crucial dans le mécanisme qui prolongeait le chômage. Mais la recherche de quelque grande raison métaphysique permettant d'expliquer pourquoi les grandes crises qui, dans le passé, n'avaient jamais été un problème, seraient désormais un problème permanent, à moins que l'on ne s'emploie très habilement à les contrer, une telle recherche, donc, semble être parfaitement inutile, même si Keynes a parfois eu la tentation d'y participer. L'investigation beaucoup plus prosaïque que nous avons entreprise, dans ce livre, en examinant, comme Keynes nous l'a appris, quels sont les facteurs spécifiques qui influencent chacune des composantes de la demande à un moment donné, semble constituer, en définitive, un bien meilleur guide pour atteindre la vérité. C'est tout au moins ce que l'ensemble de l'expérience accumulée depuis la seconde guerre mondiale suggère avec force.

Table
analytique

Table
des chapitres

COMPOSITION : TARDY QUERCY A BOURGES
IMPRESSION : MAURY A MALESHERBES (6.84)
D.L. 1er TRIM. 1973. No 3091-6 (E84/14989)